「や、だめぇ、そこ、だめぇっ……っ」

舌先が円を描くように秘玉を転がすと、
そこがみるみる充血して膨らんでくる。

「お願い……そこ、だめ……に」

「だめになってしまえ」

レオナールがひと言つぶやき、
鋭敏な陰核をちゅうっと吸い込んだ。

JN031459

溺愛蜜月になるとは聞いてません

～クレマン公爵夫妻は仮面夫婦？～

すずね凜

Vanilla文庫

クレマン公爵夫妻は仮面夫婦？

溺愛蜜月になるとは聞いてません

Contents

イラスト／ＫＲＮ

序章

大陸の南西に位置するロゼリテ王国は、肥沃な土地と安定した王政で、四百年に渡り平和を維持してきた。

現国王ロゼリテ十四世は、争いを好まない温和な性格である。

そのロゼリテ十四世が、今一番頭を痛めている問題がある。

王家の血筋に当たるバローヌ公爵家とクレマン公爵家が、犬猿の仲であるということだ。

元々、両家は親しく付き合っていた。

だが、百五十年前、両家は領地境を巡って揉め事を起こした。非は相手側にあると主張し譲らず、険悪な状態となった。

両家は絶縁状態となり、以来両家はことあるごとに角付き合わせている。歴代の国王が両家の当主に和解するよう促してきたが、こじれた状態は改善されないままだ。

首都の街中で、両家の侍従たちが出くわして喧嘩沙汰を起こすことなどしょっちゅうである。おかげで、街人たちはいつ両家が揉め事を起こすかと、往来を安心して通ることもできないでいる。

「どうしたものか――」

ロゼリテ十四世が私室で物思いに耽っているところに、侍従が来客の訪れを知らせに来た。

「国王陛下、レオナール・クレマン公爵が喪明けの挨拶に参っております」

「おお、クレマン公爵が――ここに通すがよい」

ちょうどバローヌ公爵家とクレマン家の事案を考えていたロゼリテ十四世は、絶好の機会であると感じる。

侍従に案内され、すらりと姿勢のいい長身の若者が入ってきた。

さらさらした金髪に澄んだ青い目、知性の溢れる美貌、ハッとするほどの美青年だ。

「――陛下、お目通りをお許しいただき感謝します」

レオナールはロゼリテ十四世の玉座の前に跪いた。

「三ヶ月の喪が明け、本日より登城いたしました」

落ち着いた耳に心地よい低い声で、レオナールが挨拶する。

「うむ、突然父上を亡くされ、いろいろ大変であったな」

「陛下のお心遣い、感謝します」

クレマン家の前当主は、三ヶ月前に突然の心臓発作を起こしてこの世を去った。残された一人息子のレオナールが、弱冠二十歳で後を継いでクレマン家当主となったのだ。

まだ年若いが、レオナールは文武に秀で、飛び級をして王立大学を首席で十八歳で卒業し、文部大臣であった父の補佐役として、王城に勤めていた。

周囲も目を見張るほどの優秀な働きぶりで、未来の首相か宰相候補として嘱望されていた。ロゼリテ十四世も、殊の外レオナールに目をかけている。

「これからは、クレマン家当主としての責任を担い、いっそう誠心誠意陛下のために尽くす所存です」

レオナールはハキハキとよどみのない口調で言う。

「うむうむ」

ロゼリテ十四世は、目を細めて未来ある青年を見つめながら、ふと思った。

そうだ。もしかしたら、この若く優秀なクレマン家の当主が、バローヌ家との過去の遺恨を払拭してくれるのではないだろうか。

その未来に期待しよう。

かくして——五年の月日が流れた。


「ああ、心臓がドキドキして止まらないわ」

王城に向かう馬車の中で、ジュリエンヌ・バローヌはハンカチを握りしめた手で、胸をそっと押さえた。

十七歳の誕生日を迎えたばかりの彼女は、今宵の王家主催の舞踏会で初めての淑女としてのお披露目を果たすことになっていた。

豊かな蜜色の髪を生まれて初めてアップに結い上げてもらった。襟ぐりが深く袖無しで色白の肌を強調した大人っぽいドレスは、ジュリエンヌの紫の目の色に合わせて淡い紫色だ。

お人形のように整った顔に薄化粧を施し、初々しい魅力を引き立てている。

「ジュリエンヌ、そんなにソワソワしてはみっともないですよ。バローヌの家の長女らしく、しゃきっとなさい」

お目付役として同行してくれるハンナ叔母がたしなめる。

「は、はい、叔母様」

ジュリエンヌは慌てて背筋を伸ばす。

本来なら、初めての社交界お披露目には、母親が同行するのが普通だが、ジュリエンヌの母は五年前に病気で亡くなってしまっている。それで、母の姉であるハンナ叔母が代わりにお目付役になってくれたのだ。

「でもずいぶんと綺麗に仕上がりましたよ。きっと今夜の舞踏会でお披露目される淑女の中では、あなたが一番美しいでしょう。これなら、どんな殿方でもあなたに魅了されてしまうわね」

ハンナ叔母が満足そうに目を細める。

「まあ叔母様ったら……」

ジュリエットは白桃のような滑(すべ)らかな頰をぽっと赤く染めた。

社交界にお披露目を果たすということは、一人前の淑女として独身の殿方とのお付き合いもできるようになるということだ。舞踏会は、独身の男女の出会いの場でもある。

「ああそれと、クレマン家の者たちにはじゅうじゅう気をつけるのですよ。あの人たちは、意地汚くあなたを誘ったりしてくるかもしれないから。でも、あなたには身分が高くお金持ちの男性を、私がしっかり選んであげますからね」

「あ、はい」

ハンナ叔母が少し声を厳しくしたので、ジュリエンヌは小声で返事をする。

バローヌ家とクレマン家の代々の確執は、幼い頃から嫌というほど聞かされてきた。

その昔、バローヌ家とクレマン家は、川を挟んだ領地の領地境を川岸の大きな樫(かし)の木を目印にすることで協定を結んでいた。

だがある時、その木の位置が変わり、境界線が大きくクレマン家の領地へ食い込んでいた。

クレマン家はバローヌ家が勝手に目印の木を植え替え、自分たちの領地を広げたのだと非難した。かたや、バローヌ家ではまったく身に覚えがないと反論した。

にわかに両家の仲は険悪なものに変わった。

互いに自分たちの主張を譲らず、両家の話し合いは物別れに終わった。

それ以来、バローヌ家とクレマン家は仇敵同士となった。

現在のバローヌ家当主である父は、穏やかな人物であまり他人の悪口を言う人ではないが、ハンナ叔母を始めバローヌ家の親族は、ことあるごとにクレマン家の人々がいかに卑劣であるかをジュリエンヌに吹き込んだ。自然とジュリエンヌは、クレマン家を嫌悪するようになった。

しかし、深窓の令嬢として乳母日傘で育ったジュリエンヌは、クレマン家の人間を見たことも出会ったこともない。ただ、言い聞かされるまま、恐ろしい人たちであるらしいと思い込んでいた。

不安そうな顔になっていたのか、ハンナ叔母が取り成すように言う。

「だいじょうぶよ、お目付役の私がしっかり見張っていてあげますからね。あなたは存分に舞踏会をお楽しみなさい」

「ありがとう、叔母様」

ジュリエンヌはぎこちなく微笑んだ。

初心なジュリエンヌにも、誰かを好きになって愛することへの強い憧れはあった。

今夜、運命の男性と出会うかもしれない。

なんだかそんな予感がする。

期待と不安に、ジュリエンヌの鼓動は速まるばかりだった。


王家主催の舞踏会は、クリスタルのシャンデリアが無数に煌めく大広間で、王家専用の楽団が奏でる国歌で華々しく幕を上げた。

季節の変わり目ごとに、王家では貴族同士の交流をはかるために豪華な舞踏会を開く。そこは、淑女の社交界デビューの場であり、若い独身の男女の交流の場でもあった。

首都の主だった貴族たちが招待され、大広間は着飾った紳士淑女たちが談笑し、絢爛たる雰囲気だ。

そこへ、一組の若い男女が腕を組んで入場してきた。

「ねえ、レオナール、最初のダンスは私と踊ってくださらない？」

レオナールの腕に手をかけ、従妹のフランソワーズがしなだれかかるように身を寄せてくる。彼女は去年社交界デビューを果たしたばかりの、肉感的な美人だ。

「フランソワーズ、私は君のエスコート役で同伴しただけだ。ダンスは誰か他のいい男に譲るよ」

当年二十五歳になったレオナールは、フランソワーズがぐいぐいとふくよかな胸を押し付けてくるのに閉口しながらも、紳士然として答えた。彼は長身に上等な漆黒の礼服をスマートに着こなし、ひときわ美麗で格好いい。

「あら冷たい、レオナールったら。舞踏会で、うっかりバローヌ家の男性に私が誘われでもしたら、あなたのお母様であるクレマン公爵夫人が黙っておられなくてよ」

ぷっと頬を膨(ふく)らませたフランソワーズに、レオナールは機嫌を取るように答えた。

「わかった、わかった。ちゃんと見張っていてやるよ」

そう言いながら、内心レオナールはうんざりしていた。

若く正義感に溢れた清冽(せいれつ)な性格の彼は、長年クレマン家とバローヌ家が敵対していることを憂慮(ゆうりょ)していた。王家を支える二大勢力である両家がいつまでも争っていては、国王陛下に仕えてこの国をさらに発展させていくことの妨(さまた)げとしかならないだろう。

過去の怨恨(えんこん)を解消し以前のように両家が手を取り合うことができないか、レオナールはずっと思い悩んでいたのだ。

フランソワーズが化粧直しに女性専用の控え室に姿を消したのを見届けると、レオナールは人ごみを避けて壁際の観葉植物の陰に据(す)えられたソファに腰を下ろした。

中央のダンスフロアで交流する人々をなんとなく眺める。若い男女は、お目当ての相手を手に入れようと目の色が変わっている。独身の紳士淑女が社交場にしきりに出席するのは、よりよい条件の結婚相手を見つけるためだ。

実のところレオナールも、母や親族から、そろそろクレマン家にふさわしい娘を娶(めと)れとせっつかれている。降るように見合い話も持ち込まれる。従妹のフランソワーズもその候補に入っている。だからこそ、今宵わざわざエスコートの指名をされたのだ。

だが、レオナールはまだピンとくる女性がいない。

公爵家の当主であり一人息子であるレオナールには、結婚は必須なことであった。

国王陛下からの信頼も厚く、公務を完璧にこなし常に理性的で合理的だと周囲に見られている彼だが、実はとてもロマンチストな一面があった。

「──私は、心から好きになった人と結婚したいのだ」

レオナールはソファに背をもたせかけ、ぽつりとつぶやいた。

と、背中合わせになっているソファの反対側で、誰かが小さく身じろぎをした。

「あ？」

レオナールは思わず振り返る。

同時に振り返ったらしい乙女とまともに目が合った。

「ぁ」

彼女も小さく声を漏らした。鈴を振るような澄んだ可愛(かわい)らしい声だった。

その初々しい雰囲気からすると、今宵が社交界デビューなのだろう。濃い蜜色の髪にスミレ色の瞳、さくらんぼのような赤い唇、頬のあたりがふっくらしてまだ少女っぽさを残したあどけない美貌、透き通るような白い肌——完璧にレオナールの理想通りの乙女だったのだ。

「——」

「……」

二人は息を呑んで見つめ合っていた。

レオナールは脈動が速まり、全身の血が熱くなった。

彼女だ——そう確信した。

彼女こそ、運命の乙女だ。

彼はゴクリと唾を飲み込み、ゆっくりと立ち上がった。

ハンナ叔母が急にお腹が痛くなり洗面所に行っている間、ジュリエンヌは人目に立たぬよう、隅の観葉樹の陰のソファで待つように言われていた。

こんな豪華絢爛な舞踏会は生まれて初めてで、緊張感と高揚感で頭に血が上ってしまった。

ハンナ叔母が戻るまでに落ち着こう、としきりに深呼吸をしていた。

「やあジュリエンヌ、ここにいたの？」

ふいに親しげな声がした。顔を上げると、目の前に従兄（いとこ）のアドルフが立っていた。

彼はハンナ叔母の息子で二つ年上の幼馴染である。子どもの頃は仲良く遊んだものだ。だが成長して大人になっても、アドルフがあまりに馴れ馴れしく接してくるので、少し距離を置くようになっていた。

「アドルフ、あなたも来ていたの？」

「むろんさ。大事な従妹どのの社交界デビューの日じゃないか。さあ僕と一曲踊ってくれないか？　君だって仲良しの僕となら嫌とは言わないだろう？　おいでよ」

アドルフは強引にジュリエンヌの手を取ろうとした。

ジュリエンヌは慌てて手を引いた。

「あの――アドルフ、私、馬車で酔ってしまって。もう少し休んでいたいの。後でまた、誘ってくださる？」

「そうか、それはしょうがないな。じゃ、後でまた来るからね。絶対他の奴からの申し込みは受けないでおくれよ」

アドルフは残念そうに言うと、そのまま去っていった。

ジュリエンヌはホッとため息をついた。

社交界デビューすれば、将来の夫となる人も見定めなければならない。ハンナ叔母はお目付役として、今日の舞踏会でジュリエンヌにふさわしい殿方を見定めてあげると張り切っていた。

もしかしたら、ハンナ叔母は息子のアドルフとジュリエンヌを結びつけたくて、彼を呼び出したのかもしれない。そのことに思い至ると、少しだけムッとしてしまう。

アドルフに対しては、親族としての好意しか感じていないからだ。

ジュリエンヌは、夫となる人とは、心から愛し合って結婚したいと願っていた。誰かに決められるのではなく、自分の気持ちに正直でありたいのだ。

その時、背後から背骨に響くような深いバリトンの声が聞こえたのだ。

「私は心から好きになった人と結婚したいのだ」

ジュリエンヌはその瞬間、ドキンと心臓が震(ふる)えた。

まるで、自分の気持ちそのままを言ってくれているようで、ジュリエンヌは失礼を承知で、思わず振り返ってしまった。

背中合わせに座っていたらしい紳士も、同時にこちらを振り返った。

その瞬間、ジュリエンヌは心臓を射貫(いぬ)かれたような気がした。

艶(つや)やかな金髪をきちんと撫(な)で付け、知的な青い目、意志の強そうな口元、彫像(ちょうぞう)のように整った美貌の青年がそこにいた。

彼はまっすぐこちらを見つめてくる。

一瞬止まったかと思った脈動が、急にばくばく激しくなる。

ああ、この人だ。

そう確信する。

自分の運命の男性に出会ったのだ。

その青年が、ゆっくり立ち上がった。

立つとすらりとしていて、とても長身であることがわかった。

彼は素早くジュリエンヌの前に回り込み、右手を胸に当てて優雅にお辞儀をした。その洗練された所作は、彼がとても身分が高い男性であることを表している。

「失礼しました、レディ」

なんて響きのいい声だろう。

背骨を撫で上げていくようで、震えが走る。

彼は顔を上げ、柔らかな笑みを浮かべてジュリエンヌに右手を差し出した。

「どうか私と一曲踊ってくださいませんか？」

ジュリエンヌは喜びに全身の血がかあっと熱くなるのを感じた。

「はい……」

そろそろと右手を差し出し、彼の掌の上に預ける。

大きくて男らしくて、でも手入れの行き届いた美しい手だ。生まれて初めて、異性の手に触れて、ジュリエンヌはそれだけで舞い上がって目の前がクラクラしてしまう。

そっと手を握られ、彼が優しく立ち上がるのを補助してくれる。

彼がにっこりした。

その眩しい笑顔に、ジュリエンヌは息が止まりそうになる。

「今宵が、社交界の初めてのお披露目ですか？」

ゆっくりとジュリエンヌをダンスフロアの方へ導きながら、彼がたずねる。

「はい、初めての舞踏会です」

「では、私が最初のあなたのお相手になる僥倖に恵まれたわけですね」

彼の言葉一つ一つに胸がときめく。

ジュリエンヌは彼から目が離せないでいた。

二人はダンスフロアの中央まで来ると、向かい合わせになる。

青年が白い歯を見せた。

「これは失礼。まだ名乗っていませんでしたね。私はレオナール――」

「ジュリエンヌ！　何をしているのっ！」

突然、背後から甲高い声で怒鳴られた。

ジュリエンヌはハッとして声のする方に顔を振り向けた。

ハンナ叔母が見たこともない恐ろしい形相で、こちらに小走りに向かってくるところだった。

「叔母様……？」

ハンナ叔母は乱暴にジュリエンヌの腕を摑み、青年から引き剝がした。

彼女は息を切らしながら、怒りに満ちた声で言う。

「その男は、宿敵クレマン家の当主ですよ！」

「え？」

虚を衝かれ、ジュリエンヌは声を失う。

青年も驚いたように目を見張っている。

ハンナ叔母は声を震わせる。

「あなた、うちのジュリエンヌがバローヌ家の長女だと知って、誘ったのですね！　なんて卑劣でいやらしいのでしょう！」

青年は顔色を変える。彼が口の中でつぶやく。

「バローヌ家の——長女——」

ハンナ叔母はダンスフロアの真ん中で、我を失ったようにがなりたてた。

「ああなんておぞましい！　ジュリエンヌが今夜初めてのお披露目だと知っていて、嫌がらせにおいでになったのね。きっと、世間知らずのジュリエンヌをたぶらかそうとしたのでしょう。間に合ってよかったわ！」

ダンスをしていた人々が動きを止めて、不審そうにこちらを見ている。

「クレマン家とバローヌ家だ」

「あの犬猿の仲の」

「また騒ぎを起こされるのか」

あちこちでひそひそ話す声がしてきた。

次第に大広間中がざわざわしてくる。

ジュリエンヌはいたたまれず、そっとハンナ叔母の袖を引いた。

「叔母様、こんなところでやめてください……皆様の迷惑です……」

ハンナ叔母はやっと我に返ったようだ。

彼女はキッとジュリエンヌを睨んだ。

「もう今夜は帰りましょう」

「えっ？」

「クレマン家の当主が出席している舞踏会になんて、一秒だっていられません！　さあ、行きますよ！」

ハンナ叔母はジュリエンヌの腕を掴んだまま、さっさと出入り口に向かって歩き出す。

「ま、待って、叔母様……」

引き摺られるようにハンナ叔母の後に従いながら、ジュリエンヌは必死に後ろを振り返った。

レオナールと名乗った青年は、呆然とした様子でこちらを見つめていた。

その表情には少しも悪意は感じられず、何か胸を掻きむしられるようなせつない色が浮かんでいる。

ジュリエンヌも悲しい気持ちで見つめ返した。

そのままジュリエンヌはハンナ叔母に強引に馬車に押し込められ、帰路につかされた。

「ああ危ないところだったわ。あさましいクレマン家の当主に、あなたがたぶらかされずに済んで、ほんとうによかった。まったく、クレマン家の人間は、油断も隙もないわ」

向かいの席で、ハンナ叔母が興奮したようにクレマン家の悪口をまくしたてている。

うつむいたジュリエンヌの耳には、その声はほとんど届いていなかった。

そっと膝の上の右手を見つめる。

まだそこに、レオナールの手の温もりが残っているような気がした。

響きのよい声、整った容姿、優しい笑顔、気品に満ちた物腰。

彼の何もかもが、ジュリエンヌの心を鷲摑みにした。

あの人と、ダンスを踊りたかった。

生まれて初めて知る、異性へのときめき。

バローヌ家の屋敷に戻ると、迎えに出た父バローヌ公爵や妹たちの前で、ハンナ叔母は大仰にレオナールがジュリエンヌを誘惑しようとしたのだと騒ぎ立てた。後から舞踏会から帰ってきた従兄のアドルフが、屋敷を訪れた。彼も憤懣やるかたないように言う。

「こんなことなら、僕がはじめから君をエスコートしてあげればよかった。僕が君を守ってあげたのに」

家族も騒然となる。

「娘の一世一代の晴れ舞台を台無しにするとは、なんとクレマン家の当主は無粋なのだ」

「お姉様、お気の毒でならないわ」

「ほんとうにクレマン家の人間たちはひどいわ」

ジュリエンヌは皆に同情された。

ジュリエンヌは黙りこくって、ずっとうつむいていた。

最悪の夜だった。

社交界デビューが台無しになったことなんか、どうでもよかった。

ジュリエンヌの初恋は、始まった途端に終わってしまったのだ。

それが悲しくて悔しくてならない。

そして――。

レオナールの面影は、ジュリエンヌの心の奥にくっきりと焼き付いてしまった。


その後。

改めて社交界デビューを果たしたジュリエンヌだが、出会った独身貴族の男性たちにはまったく心が動かなかった。

レオナール以上の男性など、現れることはなかったのだ。

彼のことを想うだけで、ジュリエンヌの胸はきゅんと甘く疼き、幸せな気持ちでいっぱいになる。

ジュリエンヌの心の中で、消えたはずの淡い初恋が密かに芽吹いて育っていった。

そうして季節は過ぎ、どの男性とのお付き合いも断り続けているうちに、いつの間にかジュリエンヌは十八歳の春を迎えていた。

第一章　宿敵の家に嫁ぎますが、実は有頂天です

早春のその日、首都の目抜き通りで事件は起こった。

対向からやってきたクレマン家の荷馬車とバローヌ家の荷馬車が衝突したのだ。

どちらも道を譲ろうとしなかった結果なのだが、往来の真ん中で互いの馬車が倒れて荷崩れを起こし、交通が困難になった。

双方の使用人たちは色めき立ち、非は相手にあると言い争いを始めた。

激昂(げっこう)した彼らは、今にも殴り合いを始めそうな険悪な雰囲気になった。

その場を収めようと、通りすがりの紳士が仲裁に入ろうとした。興奮していたどちらかの使用人が、その紳士を突き飛ばした。紳士は石畳に倒れ込み、右足を骨折する大怪我を負った。

この事件はすぐに、国王ロゼリテ十四世のもとへ報告された。

「レオナールよ、クレマン家の当主として貴殿はいかようにするべきか？」

事件の概要を知らされたロゼリテ十四世は、憂い顔でレオナールにたずねた。ちょうど、国王の補佐官として登城していたレオナールは、緊急で玉座の前に呼び出されたのだ。

レオナールは跪き、真剣な表情で答えた。

「騒動でお怪我をなさった方には、我が家が誠意をもって治療費と賠償をさせていただきます。私の監督不行き届きで、このような事件を起こしてしまい、誠に申し訳ありませんでした」

ロゼリテ十四世は玉座に深くもたれ、ため息をついた。

「今後も両家でこのような諍いが繰り返されるのは、もうたくさんである」

温厚なロゼリテ十四世は怒りを含んだ声で言う。

頭を下げていたレオナールが、意を決したように顔を上げた。

「陛下、恐れながら、ここは英断が必要かと思います」

「英断？」

「バローヌ家とクレマン家の禍根を払拭するためには、双方が一つになることが肝要かと」

「一つにか？」

「は。当主の私は幸いまだ独身、そしてバローヌ家にはちょうど妙齢の長女がおられます」

「うむ」

レオナールは、ぐっと身を前に乗り出して語気を強めた。

「どうか陛下から、私とバローヌ家のご令嬢を結婚させるという命令をお出しください」

「結婚か！　それはよい考えではある。しかし、貴殿、仇の家のご令嬢を娶るのだぞ？」

「覚悟はできております。私は陛下とこの国の秩序と平和のために、喜んでこの結婚を受け入れます。両家が親族になれば、きっと禍根も絶つことができましょう」

ロゼリテ十四世は、心打たれたようにレオナールの決意に満ちた若々しい顔を見た。

「貴殿の申し出、我が心に響いた。では、早速バローヌ家の当主を呼び、そのように命令を下そう」

「なにとぞよろしくお願いいたします」

レオナールは張りのある声で答え、深々と頭を下げた。

そのせいで、口元がにまにまと綻ぶのをロゼリテ十四世に見られずに済んだ。

一年前、ジュリエンヌを見初めて以来、レオナールはずっと彼女を手に入れる算段を考え続けていた。

クレマン家とバローヌ家の禍根を断つという建前で――いや建前だけではなく、実際この結婚は両家の関係改善に有効であると思えた。ずっとジュリエンヌに求婚したくて思い詰めていた。思い切って、バローヌ家へ結婚の申し入れをしようかと何度も考えた。しかしその度に、両家が不仲である事実が妨げとなっていたのだ。だから、この事件は絶好の機会であったのだ。

ついに憧れの乙女を手に入れる。

普段は冷静沈着なレオナールであったが、この時ばかりは内心はその場でダンスでも踊りたいほど浮かれてしまっていた。

だが、彼は必死で理性を保とうとした。

ジュリエンヌは宿敵のレオナールとの結婚には、きっと難色を示すだろう。国王陛下の命令とあれば従うであろうが、不承不承に違いない。

彼女にとっては、周りは敵ばかりの家に嫁ぐということなのだ。

必ず守ってやろう。

いつか彼女の気持ちが少しでも自分に向いてくれたら、どんなに幸せだろう。

レオナールは胸の高鳴るのを感じていた。

「お父様、ずいぶんとお帰りが遅いわ」

夜半、バローヌ家の屋敷では、ジュリエンヌが心配して玄関ロビーにたたずんでいた。

目抜き通りでバローヌ家とクレマン家の荷馬車が衝突し、あげくに関係のない人に傷を負わせた事件で父公爵が王城に緊急に呼ばれてから、六時間が過ぎようとしていた。

十六歳のマリアンヌ、十四歳のサラ、九歳のエマ、七歳のロザリエル、妹たちも落ち着かなげにジュリエンヌにまとわりついている。

「事故を起こしたから、国王陛下にお叱りを受けているのかしら」

「悪いのはクレマン家の方よ」

「お姉様、お父様が何か罰を受けたりしないわよね」

妹思いのジュリエンヌは、優しく微笑んだ。

「だいじょうぶよ、陛下はとても公平なお方だわ。さあ、心配しないで、もうベッドに行きなさい。お父様のお迎えは、私がするから」

ジュリエンヌは侍女を呼び、妹たちをそれぞれの部屋に引き揚げさせた。

ほどなく、玄関前に馬車が止まる音がした。

扉が開き、父公爵が入ってきた。ひどく沈鬱な顔をしている。

ジュリエンヌは父公爵に近寄る。

「おかえりなさい、お父様、陛下はなんと？」

執事に脱いだコートとステッキを手渡した父公爵は、口早に言った。

「ジュリエンヌ、すぐに私の書斎に来なさい。大事な話がある」

「はい？」

何事だろう。王城で何か悪いことを言い渡されたのか。

急ぎ書斎に行くと、先に来ていた父公爵は暗い窓の方を向いて立っている。

「お父様、お話とはなんですか？」

おずおずと声をかけると、父公爵は背中を向けたまま重い声で言う。

「本日、国王陛下に呼び出され、厳重なお叱りを受けた。確かに無関係の人を巻き込んだことは、慚愧に堪えぬ。叱責も当然だ」

「――そうですか」

父公爵は誠実な人で、仇の家同士の争いごととはいえ、罪は罪として受け入れている。

「そして、陛下はお前に命令を下されたのだ」

「命令？　私にですか？」

きょとんとすると、父公爵がくるりと振り向いた。苦渋に満ちた表情だ。

「お前とクレマン家当主の結婚だ」

「えっ？」

「陛下は、両家の婚姻をご命令なされたのだ」

ジュリエンヌは目を見張った。

「……クレマン家の当主――レオナール様、ですね？」

「そうだ――ジュリエンヌ、これは陛下直々の命令である。拒絶することはできぬ」

「……」

父公爵はがっくりと頭を垂れる。

「すまない、ジュリエンヌ！　どうか覚悟を決め、クレマン家に嫁いでくれ！」

「け、っこん……私が、レオナール様と……」

ジュリエンヌは夢でも見ているのかと思った。

思わず笑顔になりそうになり、慌てて口元を引きしめた。

ずっと恋していた男性と、結婚できる。

仇敵で、絶対に叶わない恋だと思っていたのに。

胸が躍り、嬉しくて目に涙が浮かんできた。

ジュリエンヌのその涙を見て、父公爵は勘違いし、苦しげに声を振り絞る。

「大事なお前を、仇敵の家に嫁にやることになるなんて、不甲斐ない父を許してくれ！」

「お父様、そんなにご自分を責めないでください」

ジュリエンヌはそっと父公爵の腕に触れた。

「国王陛下のご命令であれば、私は喜んでクレマン家に嫁ぎます。私はぜんぜん平気です」

「ああ、愛しいジュリエンヌ、なんと健気な乙女であろうか」

父公爵は感極まり、ジュリエンヌを抱きしめる。

「お前はバローヌ家の誇りだ」

「お父様」

父公爵の胸に顔を埋め、表情を見られないことをいいことに、ジュリエンヌはニコニコしてしまう。

有頂天とはこのことだ。

初恋の人のお嫁さんになれるなんて。

国王陛下ありがとうございます。

だが浮かれる胸の隅で考える。

この結婚は両家の者たちには衝撃だろう。

父公爵を始めバローヌ家の親族を刺激しないためにも、喜びを露(あらわ)にしてはいけない。

それに――。

相手のレオナールこそ、仇敵の家の娘との結婚を命令されて屈辱の極みに違いない。

ジュリエンヌだってクレマン家に嫁げば、獅子の群れの中に放り出される子羊のような立場になるということだ。

それでも――憧れの男性と結婚できる。

妻として誠実に仕えていれば、いずれはレオナールの気持ちもほだされてくれるかもしれない。

きっと愛は憎しみを超えるはずだと、純情なジュリエンヌは信じていた。

それでもジュリエンヌの心は、不安ではちきれそうだった。


クレマン家とバローヌ家の宿敵同士の家の婚姻が公に発表されると、両家の者たちばかりではなく首都中の人々が色めき立った。

歴代の両家の軋轢は、首都でも語り草になるほど有名だった。

だが、この結婚で両家の関係が改善されれば、首都の治安がよくなり住みやすくなる。

ロゼリテ十四世の英断に多数の賞賛の声が上がった。

そして、その年の初夏、首都の大聖堂にてレオナール・クレマンとジュリエンヌ・バローヌの結婚式が執り行われたのだ。

両家とも、互いの家に負けまいと威信をかけて結婚式の準備を行った結果、史上稀に見る豪華な式となった。

ジュリエンヌのウエディングドレスは、国一番の仕立て屋がデザインした。国内外から取り寄せた高級な布地やレース、豪華な宝石類を潤沢に使い、何十人もの優秀なお針子を集めて仕立てさせた。特に、後ろに何メートルも伸びる細かい刺繍を施したヴェールの出来上がりは、繊細で煌びやかで素晴らしいものだった。

当日は、早朝から大勢の一流の美容師たちが、何時間もつききりでジュリエンヌを美しく装わせた。

豊かな蜜色の髪を豪華に頭の上に盛り上げ、大粒のダイヤを散りばめたティアラをそこに被せた。華奢な首筋に細かい巻き髪が幾房も優雅に揺れている。イヤリングもネックレスも、厳選したダイヤだ。

周囲の誰もが感嘆の声を上げるほど美しい花嫁姿になった。

一方で、ジュリエンヌ自身は、すっかり舞い上がってしまっていて何をどうされたのかほとんど覚えていない。

レオナール本人とは、この結婚式で初めて正式に顔合わせするのだ。

ジュリエンヌには、一年前の互いの家のことを知らないで出会った時の、優しく礼儀正しいレオナールの記憶しかない。あの時の彼とは、違う印象かもしれない。

不安と緊張でドキドキが止まらない。

父公爵に介添えされ、大聖堂の入り口から入っていく。

するとバージンロードを挟んで、両家の参列者たちがくっきりと二手に分かれているのがわかった。互いに目も合わせようとしない。祝いの席なのに、双方からはおどろおどろしい殺気が感じられた。

皆、表向きは笑顔を浮かべているが、この結婚に納得していないことがありありと感じられた。ジュリエンヌはその場の雰囲気の重さに足が竦んだ。

「さあ行こう、ジュリエンヌ、勇気を出しなさい。バローヌ家の名誉にかけて」

小声で父公爵が促した。

「は、はい」

父公爵の腕にすがり、一歩一歩バージンロードを進んだ。

一斉に拍手が起こる。

ジュリエンヌはゆっくりと参列者たちの中を歩く。

途中、従兄のアドルフの前を通る時、彼が嫉妬に歪んだような顔でぼそりとつぶやく。

「こんな結婚、僕は絶対に認めないぞ」

すると反対側の席にいたクレマン家の親族らしい若い女性も、小声で言い放った。

「私だって、断固、この結婚に反対だわ」

ジュリエンヌの心臓はどきんと跳ねた。

この場にいる者の総意のような気がした。

恋する人との結婚なのに、誰も祝福してくれていないなんて――しょんぼりしてしまう。

だが、祭壇の前に立っているレオナールの姿を目にすると、そんな気持ちも吹き飛んでしまった。

彼はこの日のために仕立てたらしいピカピカの純白の礼装を身に着けていた。

すらりとした肢体を際立たせるデザインで、金モールの肩章、腰には青いサッシュをきりりと巻き、そこに礼装用の銀のサーベルを差している。

艶やかな金髪を綺麗に撫で付け、彫像のように整った美貌は変わらず、眩しいくらいに颯爽としている。

なんて素敵なんだろう。

ぼうっと見惚れてしまう。

ジュリエンヌはもはやレオナールしか目に入らない。

祭壇の前まで来ると、父公爵がささやいた。

「ジュリエンヌ、花婿は国王陛下に将来を嘱望されている若者だ。仇敵の家の当主とはいえ、夫としての条件は申し分ない。ジュリエンヌ、お前は素直で優しい娘だ。きっと相手の家の人々にも理解してもらえる。お前の幸せを心から願っているよ」

父公爵の気持ちのこもった言葉に、ジュリエンヌは感動で胸がいっぱいになった。

レオナールが手を差し伸べている。

ジュリエンヌは震える手をそこに預けた。すると、彼の手も同じように少し震えていた。おそらく、仇敵の家の娘の手を取るので不快なのだろう。それでも、大きくて男らしい手に包まれると、嬉しく恥ずかしくてときめきが止まらない。

二人は大司祭の前に並んで、祝辞を受けた。

「レオナール・クレマン、汝は健やかなる時も病める時も――その命ある限り妻を愛し慈しむことを誓いますか？」

大司祭の言葉に、レオナールが一瞬身体を強張らせるのが、隣にいるジュリエンヌにはわかった。彼は何度か咳払いし、やっと硬い声で答えた。

「はい、誓います」

その様子に、ジュリエンヌは彼がやはりこの結婚には不満なのだと感じ、悲しい気持ちになってしまう。

次に同じことを大司祭に問われ、ジュリエンヌは自分こそはきっぱり答えようと意気込んだが、力みすぎて逆に声が詰まってしまった。

「は、は、はい……っ」

ちらりとレオナールがこちらに視線を寄越す。責めるような眼差しに、うろたえたジュリエンヌはヴェールの内側で顔を赤く染める。

次の結婚指輪交換でも、舞い上がりすぎた。

流石に今度はレオナールは落ち着いた仕草で、ジュリエンヌに指輪を嵌めてくれた。

けれどジュリエンヌときたら、緊張のあまりあろうことか、結婚指輪を取り落としてしまったのだ。

ざわっと非難めいた空気がクレマン家側から沸き起こる。

ジュリエンヌは穴があったら入りたい心境だった。

レオナールが素早く床に屈んで結婚指輪を取り上げ、ジュリエンヌの手に戻してくれ、すっと自分の左手を差し出した。その動きがとても優美で、ジュリエンヌは脈動がばくばくしてしまう。どうにか結婚指輪を彼の指に嵌めることができた。

その瞬間、レオナールがひどく誇らしげな表情になる。それは、仇敵の娘を配下に従えたという満足感なのだろうか。でも、それでもあまりに魅力的な顔をするので、ジュリエンヌは心が甘くざわついてしまう。

「では誓いの口づけを——」

大司祭の言葉に、レオナールの手がジュリエンヌのヴェールへと掛けられた。

生まれて初めての異性からの口づけの上に、恋しい人からということで、ジュリエンヌは思わずびくりと身を竦めてしまった。

ハッとレオナールの動きが止まる。

ジュリエンヌは期待と緊張で、ぎゅっと目を瞑ってしまう。しかめ面になっていたかもしれない。

「そんなに、嫌なのか——」

レオナールが悲しげな声でつぶやいた気がしたが、何せ舞い上がりすぎたせいで、聞き間違いかもしれない。

レオナールの息遣いが近づいてくる。

ドキドキして心臓が破裂しそうだ。

柔らかな感触が唇に触れた途端、全身に稲妻が走り抜けたような気がした。

なんて甘い戦慄。

一瞬触れただけなのに、呼吸が乱れ目眩がしそうだった。

大司祭が朗々とした声で宣言する。

「ここに、両家の婚姻は成されました」

参列者たちから、一斉に残念そうなため息が漏れる。

レオナールはさっと参列者たちを一瞥すると、しゃんと背筋を伸ばしてから右手を曲げて、ジュリエンヌを促した。

「退場する」

「あ、はい」

口づけの余韻にぼうっとしていたジュリエンヌは、慌ててレオナールの右腕に自分の手を絡めた。服地を通して引きしまった男の筋肉を感じ、こんなにレオナールに密着するのも初めてで、ドキドキして体温が上がりそうだ。

パイプオルガンと聖歌合唱隊が、祝婚歌を奏で始めた。

大司祭が、動きのない参列者たちを困惑顔で促す。

「皆様、新郎新婦が退場します。拍手でお見送りください」

両家の参列者は、弾かれたように拍手を始めた。

両家が、互いに相手に負けまいと激しく拍手を続けるので、うわーんと大聖堂全体が揺れたほどだ。

レオナールはゆったりとした足取りで、赤い絨毯（じゅうたん）の敷かれたバージンロードを進み出す。

だが、二人の歩調は合わず動きはぎくしゃくとしている。

ジュリエンヌは嬉しさに舞い上がっているせいだが、レオナールの方はおそらく意に染まぬ結婚を強（し）いられたせいだろう。

憧れの男性と結婚できたけれど、うまくやっていけるだろうか。

ジュリエンヌの胸中は複雑だった。

大聖堂の前で、待ち構えていた新婚用の馬車に乗り込む。

馬車は、クレマン家に向かってゆっくりと走り出した。

結婚式後の披露宴は、花婿側のクレマン家の中庭で、立食形式で開かれることになっていた。

クレマン家ではその準備があるので、二人の乗った馬車は、首都を大回りして時間をかけて帰宅することになっている。

向かい合わせで、やっと二人きりになった。

けれどレオナールは、なんだか難しい顔で腕組みをしている。

ジュリエンヌは彼に気兼ねして、ただうつむいていた。

気まずい空気がしばし流れる。

ふいに腕を解いたレオナールが、切り出した。

「ご令嬢――いや、ジュリエンヌ」

「はい」

存外穏やかな声だったので、ジュリエンヌはホッとして顔を上げる。

「宿敵の家同士の結婚に、君もいろいろ不満に思うことも多かろう」

「いえ……」

ぜんぜんそんなことはありません、と内心でつぶやく。

「だが、これも国の未来を憂える国王陛下のご命令だ。いつまでも怨恨にとらわれ、王家の二大血筋の家が角付き合わせていることは、国王陛下と国政の足かせになるだけだ」

レオナールの声はとても真剣だった。

国王陛下の将来の懐刀と評判の高いレオナールは、大局的にものを見ているのだ。

「だから、この結婚で国の未来が変わるかもしれないのだ」

「国の未来……」

「そうだ――そこでだ」

レオナールは深くうなずき、わずかに身を乗り出した。

美麗な顔が接近してきたので、ジュリエンヌはドキマギして思わず身を引いた。

レオナールが苦笑めいた表情になる。

「そんなに怯(おび)えなくてもいい。君が思うほど、クレマン家の人間は悪魔でも人でなしでもない」

わかっています、あなたは私の理想の男性ですもの、と胸の中で答える。

「で、どうだろう？　表向きだけでも、仲のよい夫婦を演じてはくれないか？」

「え？　演じる……？」

思いもかけない言葉に、ジュリエンヌはきょとんとする。

「そうだ。両家にこの結婚は円満であると知らしめたい。国王陛下の英断が正しかったのだと、世間にも納得させたい。これは、国王陛下への忠義を示す務めであると思えば、君もこの結婚を少しは受け入れやすいのではないだろうか？」

「……」

ジュリエンヌはまじまじとレオナールを見た。

レオナールの顔は真剣そのものだった。

「この国のために？」

「そうだ」

「国王陛下のために？」

「そうだ」

ああなるほど——と、ジュリエンヌは腑に落ちた。

レオナールはやむを得ないこの結婚を、なんとか自分に納得させ受け入れようとしているのだ。そのために、このような提案を持ち出したに違いない。

これまで、クレマン家の人々のことをやみくもに忌み嫌ってきたが、レオナールはとても誠実な人だと感じた。

彼は両家の過去の怨恨より、未来を見定めているのだ。

バローヌ家のジュリエンヌを妻にすることに抵抗はあるのだろうが、それよりもっと崇高な信念を持っている。

ジュリエンヌはますます彼に心惹かれていく。この人のためならなんでもしてあげたい、と強く思った。

ジュリエンヌはにっこりと微笑んだ。

「わかりました！　仲良し夫婦を演じましょう」

ずっと堅苦しいものだったレオナールの表情が、やっとほぐれた。

彼はほっと息を吐き、声をわずかに弾ませる。

「そうか！　わかってくれたか？」

「はい、この国の未来のために、私もお役に立ちたいです！」

体裁を繕ってそう言ったのもの、演じるも何も、素のままで振る舞えばいいだけの話で、逆にありがたいくらいだ。ジュリエンヌは満面の笑顔になる。

「あの——では、早速旦那様、ってお呼びしてもよろしいですか？」

「っ——」

レオナールの目元がほんのり赤らんだ。

「さ、早速、か」

ジュリエンヌはますますニコニコする。

「もうすぐお屋敷に到着してしまいます。ここからでも練習しておきましょう」

「う、うん、そうだな」

レオナールはさらに顔を赤くし、それからぎこちなく笑う。

「では、我が妻ジュリエンヌ」

彼の笑顔を初めて見た。

心臓が射貫(いぬ)かれる。頭がくらくらしてきた。

「は、はいっ」

「改めて、夫婦の口づけをしても、いいか？」

「え、あ、も、もちろん、です」

恥ずかしさにうろたえて答えると、レオナールが釘を刺すように言う。

「嬉しそうな顔をする練習だ」

「は、はい」

ジュリエンヌはほんとうに嬉しいので、ニコニコしながら顔を前に突き出した。

レオナールの節高な人さし指が、そっと頬に触れてきた。その硬い指先の感触だけで、全身の血がかあっと熱くなる。指先が、顎（あご）の下に移動してくいっと顔を上向かせた。

直視できないほど端整な顔が近づいてくる。結婚式の時の、甘い触れ合いを思い出し、心臓がばくばくする。

素早く唇が重なった。

「ん……」

目を閉じる暇もなかった。

視界が彼でいっぱいになる。結婚式では緊張の頂点にいたので気がつかなかったが、レオナールは柑橘系の爽やかな香りのオーデコロンをまとっていた。その香りが鼻腔（びこう）を満たし、酔いしれてしまいそうだ。

「ジュリエンヌ――」

レオナールはわずかに唇を離し、甘く低い声でささやいた。

そして、今度は両手でジュリエンヌの顔を包み込み、再び唇を塞いできた。

「んん……ぅ」

顔の角度を変えて、繰り返し唇を重ねられる。

目を軽く閉じ、うっとりとその柔らかい感触を味わう。

と、ふいに何か濡れたものがぬるっと唇に触れてきた。

「んふぅ？」

舌で舐められたと理解した時には、その舌が強引に唇を割り開いて、中へ侵入していた。

「んんんっ？」

彼の舌が歯列をなぞり、唇の裏側を舐めていく。

それまで、ジュリエンヌが知っていた口づけは、家族との親愛の情を示すための触れ合いであった。頰や唇に軽く触れていく程度のものだった。

まさかこんな口づけがあるなんて、思いもしなかった。

驚きに硬直していると、熱い舌先がぬるりとジュリエンヌの舌の上を舐めた。

その瞬間、ぞくりとした悪寒のような痺れが背中を駆け抜けた。

「ふっ……ぁ……っ」

ジュリエンヌはびくりと身を竦め、顔を引こうとした。

だがレオナールは両手に力を込め、がっちりとジュリエンヌの顔を固定してしまう。

そのまま、ジュリエンヌの口腔を濡れた舌で搔き回す。

頬の裏側から口蓋（こうがい）まで、雄々しく貪（むさぼ）られた。

くちゅくちゅと唾液（だえき）の弾ける猥雑（わいざつ）な音が耳孔（じこう）を犯す。

その淫（みだ）らな動きに、ジュリエンヌはかあっと頭に血が上りうろたえた。

「んく……ふ、ぅっっ」

いきなりレオナールの分厚い舌が喉の奥まで侵入してきた。

息が詰まる。

「ふ、ふぁ、ふうあ」

息苦しくて自然と唇が大きく開いてしまう。

直後、レオナールの舌が怯えて逃げ回るジュリエンヌの舌に絡みつき、思い切り強く吸い上げてきた。

「ぐ、んんんーっ」

瞬間、うなじのあたりに甘く官能的な痺れが走り、それが下肢に稲妻のように駆け下りた。

「っ、は、ぁ、あ、ぁふぁ……」

この世にこんな獰猛（どうもう）で卑猥な口づけがあるなんて、知らなかった。

レオナールは執拗（しつよう）にジュリエンヌの可憐（かれん）な舌を吸い上げては、舐め回す。

熱い。全身が燃え上がりそうに熱くなる。

生まれて初めて知る、性的な快感に翻弄されて、抵抗することも忘れてしまう。

「んゃ……や、ぁ、は……ぁ、や……ぁん」

気が遠くなりそうで、両手で必死にレオナールを押しやろうとしたが、みるみる四肢から力が抜けていく。

舌が擦れ合うたびに、猥りがましい気持ちよさが上書きされ、恥ずかしい鼻声が止められなくなる。

「ぁ、ん……んん、んふぁ……ん」

情熱的な口づけを延々と続けられ、ジュリエンヌは与えられる心地よさにすっかり酔いしれてしまい、レオナールのなすがままになってしまう。

レオナールはジュリエンヌの舌を思う存分堪能した。

深い口づけは、クレマン家の門扉に馬車が到着し、速度を緩め始めるまで繰り返された。

ゆるゆると馬車が止まり始めると、やっとレオナールは唇を解放してくれた。

口の端から嚥下し損ねた唾液が溢れてきて、レオナールはそれを舌で綺麗に舐め取ってしまった。

「ああ……」

ジュリエンヌはうっとりした表情を浮かべたまま、レオナールの腕の中に身をもたせかけていた。

レオナールはジュリエンヌの髪に顔を埋め、薄い桜貝のような耳朶(じだ)を甘嚙みし、艶めいた声でささやく。

「ジュリエンヌ、私の妻」

「……旦那、様……」

ジュリエンヌは甘えるような声で答えた。

たとえ演技でも、こんな風に甘く名前を呼ばれたら嬉しくて胸がいっぱいになってしまう。

と、がたんと馬車が停止した。

「お、到着だ」

レオナールは我に返ったように身を離し、素早く自分の襟元(えりもと)を整えた。それからジュリエンヌの顔をまじまじと見た。

「ジュリエンヌ、ルージュがはみ出しているよ」

「え?」

レオナールの激しい口づけのせいで、口紅が剝(は)がれてしまったらしい。

慌ててハンカチで唇の左側を拭(ぬぐ)おうとすると、

「そっちではない」

そう言うや否や、レオナールが右手の親指でさっとジュリエンヌの唇の右側を拭った。

親指に付いたピンクの口紅を、レオナールはそのまま自分の口に指を入れて舐め取ってしまった。

「うん、取れた」

その一連の艶（なまめ）かしい仕草があまりに自然で、ジュリエンヌはレオナールがお芝居しているということを一瞬忘れてしまいそうになる。

「あ、ありがとうございます」

頬を染めて照れながら礼を言う。

「いやー——私が少しやりすぎた」

レオナールも目元をかすかに赤くして答える。

この恥ずかしくもくすぐったい雰囲気を、ジュリエンヌはほんとうの新婚さんみたいだわ、としみじみ嚙みしめる。

と、扉の外から御者（ぎょしゃ）が声をかけてきた。

「ご当主様、お屋敷に到着でございます」

「うむ、わかった。開けてくれ」

扉が開くとレオナールは急にかしこまった態度になり、馬車を降りた。先に降りた彼は、ジュリエンヌに向かって介添えの手を差し出す。

「さあ、おいで」

初めてクレマン家の屋敷に入るのだ。

ジュリエンヌはにわかに緊張が高まりごくりと唾を飲み込むと、片手をレオナールに預け、スカートを捌き(さば)ながらゆっくりと馬車を降りた。

「ぁ」

思わず声が出た。

白い高い塔を中心に、左右対称の白亜の石造りのお屋敷が目の前にそびえていた。洗練されてとても近代的な雰囲気のお屋敷だ。

バローヌ家の古式ゆかしいレンガと木造建築の屋敷とは真逆の雰囲気だ。

よその家に嫁いできたのだと実感する。

そして——。

玄関前の広い階段の前に、クレマン家の人々と使用人たちが左右に並んで、ずらりと勢揃いしていた。

最前列にたたずんでいた、すらりと背の高い貴婦人がゆっくりと前に進み出てくる。

未亡人のしるしであるグレイのドレスを着ていて、金髪と青い目、整った美貌はレオナールによく似ている。

貴婦人は二人の前まで来ると、ちろりと冷たい視線をジュリエンヌに投げて寄越した。

「母上、無事式を終え、ただいま戻りました」

レオナールが礼儀正しく挨拶する。母上——ではこの貴婦人が、クレマン公爵夫人なのだ。

「クレマン家の名に恥じぬ立派なお式でしたこと」

クレマン公爵夫人は堅苦しい口調で答える。

ジュリエンヌはスカートを摘み、うやうやしく一礼する。今日から義理の母になる人に、失礼のないようにしたい。

「ジュリエンヌでございます。ふつつか者ではございますが、何卒よろしくお願いいたします」

クレマン公爵夫人は、トゲのある言い方をした。

「この家の名誉を汚すことだけは、なさらぬようにしていただきたいわ。もうあなたは、バローヌ家の人間ではないとお忘れなきように」

ジュリエンヌは頭を下げたまま、きゅっと唇を嚙みしめた。

宿敵の家に嫁いで、歓迎されることはないだろうと覚悟はしていた。しかし、やはり面と向かって嫌味を言われると、傷ついてしまう。

クレマン公爵夫人が、顎をつんと上げて言う。

「では、まずクレマン家の人間として、なすべきことを訓示として——」

するとレオナールは、さっとジュリエンヌの腰に手を回し優しい声で言った。

「ジュリエンヌ、まずは、玄関ホールにて、クレマン家のしきたり、その一を教えよう」

「あ、はい」

レオナールはクレマン公爵夫人に、きっぱりと言う。

「母上、ご心配なく。妻には私からもクレマン家の慣わしを、一つ一つしっかりと教えますから」

レオナールは「妻」という部分を強めに言った。クレマン公爵夫人は話の腰を折られてむっとした顔になるが、一人息子で当主のレオナールには逆らわなかった。

「――あなたが、そう言うのなら」

レオナールはジュリエンヌの手を取って、左右に並んだ使用人たちの間を抜けていく。頭を下げているが、使用人たちからはありありとジュリエンヌに対する反感が感じられた。

玄関扉を使用人が左右に開くと、レオナールはさっとジュリエンヌをお姫様抱っこした。

「きゃ……」

ふわりと身体が宙に浮き、ジュリエンヌはびっくりしてレオナールの首にしがみついた。背後でクレマン家の人々がざわっとするのがわかった。

「だ、旦那様?」

「しっ、仲良く仲良く、だ」

耳元でささやかれ、ジュリエンヌはこくりとうなずく。

抱かれたまま玄関ホールまで入った。

天井の高い広々とした玄関ホールの壁には、ずらりと礼装姿の紳士の肖像画が飾られていた。

二人に続いて玄関ホールに、クレマン公爵夫人や使用人たちも入ってくる。

「ジュリエンヌ、ここに並んでいるのはクレマン家代々のご当主様たちだ」

レオナールの説明に、ジュリエンヌは肖像画を見回した。

皆、年配で立派な口ひげを蓄えている。

「起床した時と当主が帰宅時に、まず歴代のご当主様方にご挨拶するのです」

クレマン公爵夫人が、誇らしげに口を挟んだ。

「輝けるクレマン家のご祖先様に、敬意を」

クレマン公爵夫人が凛とした声を張り上げると、背後に並んだ使用人たちも一斉に声を合わせた。

「敬意を！」

レオナールが小声で促す。

「復唱して」

「は、はい。敬意を！」

ジュリエンヌは慌てて皆に倣（なら）った。バローヌ家は、どちらかというと古典的なしきたりう。

にとらわれない。堅苦しく先祖に敬意を表するような習慣はなかったので、戸惑ってしまう。


「あなた、抱かれたままとは、ご先祖様に失礼ですよ」

クレマン公爵夫人が苦々しげに言うと、レオナールは爽やかに笑う。

「母上、私たちは結婚したばかりです。めでたい日なのですから、ご先祖様も大目に見てくださいますよ」

そう言うと、彼はちゅっと大きな音を立ててジュリエンヌの唇に口づけした。

「ご先祖様、これが我が妻のジュリエンヌです」

ジュリエンヌはレオナールの大胆な行動に目を丸くした。

「まあ」

クレマン公爵夫人は赤面して、顔を背ける。

使用人たちも、目のやり場に困っている様子だ。

レオナールはジュリエンヌを抱いたまま皆の方に向き直り、玄関ホールの隅々まで響き渡る声で告げた。

「本日より、ジュリエンヌはこの屋敷の女主人である。それだけはゆめゆめ忘れぬように」

使用人たちは、レオナールの強い口調に圧倒されたように押し黙って聞いている。

「愛しているよ、ジュリエンヌ」

ふいにレオナールが気持ちのこもった声で言ってくるので、ジュリエンヌはどぎまぎして返事に詰まる。レオナールがしきりに目配せしてくるのに気がつき、慌てて答えた。

「私も、愛しております」

クレマン家の人々は、二人の意外な甘い雰囲気にあてられたようにあんぐり口を開けた。

クレマン公爵夫人が話題を変えるように咳払いしながら言う。

「さあさ、レオナール、披露宴のお支度はできてますから。主役の二人は、そのまま中央庭園の会場にお行きなさい。招待客の皆さんもお集まりでしょう」

「承知しました」

レオナールは踵（きびす）を返すと、ジュリエンヌを抱いたまま玄関ホールを出た。

中央庭園の方へ向かいながら、ジュリエンヌはおずおずとたずねる。

「あ、あんな感じでよかったでしょうか？」

「うん、上出来だ。初々（ういうい）しくて新妻っぽかった」

「でも……クレマン家の皆さんの反感を煽（あお）ってしまいませんか？」

「だから、最初に皆に釘を刺しておいた。万が一にも、この結婚に問題が起きたりしたら、国王陛下への冒涜（ぼうとく）に当たる。ひいては、クレマン家の評判を落とすことにもなりかねないからな」

レオナールの真剣な表情に、彼が国を思う強い気持ちをひしひしと感じた。

忠義心と愛国心に厚い彼が、必死にいい夫を演じてくれている気概に胸打たれる。

「私も、この国の未来のために、頑張っていい妻になります」

意気込んで告げると、レオナールはなぜかちょっとがっかりしたような顔になる。だが、すぐに気を取り直したように答えた。

「そ、そうだな——この国のために頑張ろう」

「はい」

「国王陛下のためにも」

「はい」

「——」

「……」

それ以上会話が弾まない。やはり、にわかには打ち解けることは難しいかもしれない。

そうこうしているうちに中央庭園に辿り着いた。

色とりどりの薔薇の花が咲き乱れる美しい庭園は、招待客で賑わっていた。中央に大きなテーブルが並べられ、その上に盛りだくさんのご馳走が並べられている。金ピカのお仕着せ姿の給仕たちが、招待客たちの間を回ってお酒や食べ物を配っている。首都の高名な楽団が招かれていて、明るい曲を奏でている。

だが、よく見ると、クレマン家はクレマン家の人々と、バローヌ家はバローヌ家の人々と集まっていて、少しも交流していない。

両家の晴れの結婚式なのに、確執はなかなか解消されていないようだ。

会場に入ると、レオナールは素早く満面の笑顔になった。

彼はそっとジュリエンヌを下ろし、腰に手を添えて前に進み出る。

「皆さん、本日は両家の結婚式にご出席いただき、ありがとうございました」

腰に回ったレオナールの手が、さりげなく促すように動いた。

ジュリエンヌは彼の意図を察知し、優美にお辞儀をすると、同じように満面の笑みになる。

「ありがとうございました」

レオナールが楽団の指揮者に片手で合図した。

すかさず、軽快な三拍子のダンス曲の演奏が始まった。

レオナールはジュリエンヌの手を取った。

「では、私たち夫婦の、最初のダンスをご披露いたしましょう」

レオナールは流れるような動きで、曲に乗ってリードを取る。

ジュリエンヌもぴったりと彼の動きに合わせてステップを踏んだ。

その流麗なダンスに、両家の人々からほおっと感嘆の声が上がった。

「いいぞ、ジュリエンヌ、もっと笑って」

レオナールが白い歯を見せて笑いかける。眩しい笑顔に、ジュリエンヌはときめきが止まらない。それに、これまで踊った誰よりもレオナールのリードは滑(なめ)らかで素晴らしいものだった。こんなに気持ちよく踊れるダンスは、生まれて初めてだ。

「はい」

ジュリエンヌも朗らかに笑う。

「いいね、綺麗だ、最高だ」

レオナールが白皙(はくせき)の頬を紅潮させる。

「旦那様のダンスも、最高です」

ジュリエンヌも目を輝かせて答える。

「もっと笑え、もっと幸せそうに」

「うふふ」

レオナールがくるくるとジュリエンヌを軽やかにターンさせる。長いヴェールが華麗に翻(ひるがえ)り、思わず人々から拍手が湧いた。

それをきっかけに、他の招待客たちも男女の組みになって踊り出した。

そのほとんどは、クレマン家はクレマン家、バローヌ家はバローヌ家同士でペアになっていたが、ちらほらと仇敵同士で踊っている者たちもいた。

意外なのは、ジュリエンヌの従兄のアドルフとレオナールの従妹のフランソワーズがペアで踊っていたことだ。二人は顔を寄せて、しきりに会話している様子だ。

おそらく、幸せそのもののような新郎新婦の雰囲気に乗せられたのだろう。

自分たちが仲良くして見せることで、少しずつ、両家のわだかまりが解けていくような気がした。

「旦那様、皆さん、とても楽しそうです」

はしゃいだ調子で告げると、レオナールも心から嬉しそうに笑う。

「ああほんとうに。君は幸福を呼ぶ天使のようだもの」

手放しで褒められて、嬉しくて胸が弾む。

「旦那様も、世界一素敵です」

人前でなら、いくらでも愛情表現ができた。

もっともっと、幸せそうに振る舞いたい。

仲良し夫婦のふりをして、ジュリエンヌはレオナールへの愛情を全開放できる。

そして、レオナールも愛するふりがとても上手で、ほんとうに愛されているような幸福な気持ちになる。

今はこれでいい。

愛するふりでもいい。

片思いでもいい。

この一瞬の甘い幸せを味わい尽くしたい。

レオナールの腕の中で、ジュリエンヌはそう自分に言い聞かせていた。


披露宴は賑やかに盛り上がった。

引きも切らない招待客たちからの挨拶を受けて、新郎新婦は大忙しであった。

宴が終了し、二人がやっと解放されたのは夜半過ぎだった。

レオナールとジュリエンヌはクレマン家の屋敷に戻り、いったんそれぞれの部屋に引き上げることになった。

「では、また後で、愛しいジュリエンヌ」

レオナールは落ち着いた様子で、軽く手を振って廊下の向かいの自分の部屋に入っていった。

ジュリエンヌが用意された反対側の部屋に入ると、そこにはクレマン家の侍女たちが十数人、頭を下げてずらりと並んで待ち受けていた。ジュリエンヌ付き侍女たちだ。

「お疲れ様でした、奥方様」

リーダー格らしい年長の侍女が堅苦しい声で挨拶する。

「お着替えと沐浴（もくよく）のお手伝いをいたします」

「あ、皆さん、今日からよろしくお願いしますね」

ジュリエンヌは丁寧に挨拶を返したが、誰も目を合わせようとしない。彼女たちは態度こそ慇懃に振る舞っているが、あきらかにジュリエンヌに反感を持っている。

昨日までの仇敵の家の娘が、女主人として嫁いできたのだ。急には気持ちの切り替えができないのだろう。

当分は仕方ない、とジュリエンヌはため息をついた。

真っ白な大理石仕立ての広い浴室の、これまた広々とした金の浴槽になみなみと張られたお湯に肩まで浸かると、少しホッとした。

一人の年若いぽっちゃりした赤毛の侍女が、腕まくりをして入ってきた。同年代くらいだろうか。

「失礼します、奥様。ミュゼ、と申します。お背中を流しましょう」

「あ、ありがとう」

彼女は海綿に薔薇の香りのするシャボンをたっぷり付けて泡立たせ、ジュリエンヌの背後に回って背中を洗い出した。

「まあ、なんてすべすべして白いお肌なのでしょう。それに、少しも贅肉がついておられなくてほっそりなさって、うらやましいです。私なんか、水を飲んでもすぐ太ってしまって、悲しいです」

ミュゼが心からうらやましそうに言うのが微笑ましい。気さくに話しかけてくれる彼女に、ジュリエンヌは緊張がほぐれてくる。

「私は少し貧血気味なのよ。あなたはとても血色がよくて、頬が薔薇色で素敵よ」

ミュゼがふっくらした頬を嬉しそうに染めた。

「奥様、なんてお優しい。聞いていた通りの、いい方ですね」

「あら、私のことを？」

ミュゼが慌てたように口ごもる。

「あの、その、バローヌ家に知り合いがいて、その人から聞いていて……」

「まあ、そうだったの？　誰かしら？」

「あの——ジークって人、ご存知ですか？」

「ジークは屋敷の庭師の青年ね。働き者の真面目な人だわ」

ミュゼが顔を輝かせた。

「そうなんです。彼はとっても真面目でいい人なんです。それに優しくて——」

口走ってから、ミュゼがハッと顔色を変えた。

「お、奥様、今はここだけの話にしてください。バローヌ家に知り合いがいるなんて、他の先輩侍女の皆んなにバレたら、私、ひどく叱られてしまいます。あ、奥方様は元バローヌ家の方でした、申し訳ありません！」

ミュゼがおろおろする。

ジュリエンヌは、ミュゼとジークは恋人同士なのだと察した。

「いいのよミュゼ。決して誰にも言わないわ。ジークはほんとうにいい青年よ」

「奥様……」

ミュゼが涙ぐむ。

「奥様も、お一人でクレマン家に嫁がれて、さぞお辛いでしょう。私、奥様の味方になりますから」

ジュリエンヌは、自分と同じように許されない恋に悩んでいるミュゼを見て、やはり両家が仲良くなることが肝心だと、改めて思った。

「ありがとう、ミュゼ。これからいろいろ頼りにするわね」

「はいっ、お任せくださいっ」

ミュゼが目を輝かせる。

クレマン家で一人でも味方ができたことに、ジュリエンヌは心強い気持ちになった。

沐浴を済ませると、新品の絹の寝間着に着替えさせられ、年かさの侍女に手を取られて部屋の奥の扉に導かれた。

「この扉は、ご夫婦の寝室に繋がっております」

小声で言われて、ジュリエンヌはハッとする。

そうだ。

結婚したのだ。

これから、夫婦の床入りが待っている。

嫁ぐ前の日、ハンナ叔母がこっそりと夫婦の営みを描いた絵入りの教本を渡してくれたのだが、あまりに赤裸々なので、恥ずかしくてほとんど読まなかった。

にわかに緊張感が高まり、心臓がばくばくし始めた。

人前ではいい夫を演じていたレオナールだが、好きでもない女性と夫婦の行為をすることには嫌悪や抵抗があるのではないだろうか。

拒否されたらどうしよう。

好きな人に拒まれたら、二度と立ち直れないかもしれない。

侍女が扉を開け、ジュリエンヌは機械的に中に足を踏み入れた。

寝室の灯(あか)りは薄暗く落としてあり、中の様子がよくわからない。

その場で棒立ちになっていると、背後で静かに扉が閉まった。

パタンという乾いた音に、ジュリエンヌはぎくりと肩を竦めた。

目が慣れてくると、奥に大きな天蓋(てんがい)付きのベッドが鎮座しているのがわかった。

ジュリエンヌは不安と恐怖と混乱で足が震えてくる。

「——おいで」

低く艶めいた声が、ベッドの方から聞こえた。

その声が苛立たしげで、困惑と心ならずもという感じに聞こえてきて、ジュリエンヌはさらに動揺して一歩も動けないでいた。

第二章　新妻が愛らしすぎて、どうしていいかわかりません

「これはまずい、やばいぞ、やばい――」

披露宴を終えて、自室に戻ったレオナールは浴槽に浸かりながらぶつぶつつぶやいた。

一人になりたくて、世話係の使用人たちは下がらせた。

ジュリエンヌがあまりに綺麗で愛らしくて、結婚式も披露宴の間も、レオナールは舞い上がりっぱなしだった。

表向きは仲の良い夫婦を演じるふりをしていたが、ついつい本音がダダ漏れになってしまい、我ながら浮き足立っていると思った。

なんとかここまで粗相することなくやってきたが、この後、一番大事な初夜が待っている。

ついに愛する女性と結ばれるのだ。

そう思うだけで、下腹部が異様にいきり勃ってしまう。

すでに口づけだけで相当興奮してしまっていた。

彼女の唇や舌は、柔らかく甘くて、いくら口づけても飽きないほど素晴らしい味わいだった。

そしてこの後、彼女のすべてを自分のものにできるのだ。

夢のようで、気持ちがふわふわ浮き立つ。

しかし一方で、不安でならない。

健気に仮面夫婦を演じてくれたジュリエンヌだが、夫婦の行為を受け入れてくれるだろうか。

嫌悪され拒否されたらどうしよう。

そんなことになったらショックで、二度と男性としての機能が働かなくなるかもしれない。

父の急死により弱冠二十歳でクレマン家の当主となり、国王陛下からも将来を期待され、ずっと気持ちを張り詰めさせて生きてきた。歳よりも落ち着いて見せるように振る舞い、周囲からは優秀で冷静沈着な青年であると高く評価されている。

だが。

それは表向きの顔だ。

レオナールの一途な恋心は、繊細で傷つきやすいのだ。

相手は仇の家の娘。国王陛下の命令という形で強引に結婚まで持ち込んだが、彼女は不本意に違いない。

ジュリエンヌに恋してから彼女以外の女性は眼中になく、レオナールはこれまで女性経験がない。

好かれていない相手と、どうすれば夫婦の営みを無事終えることができるだろうか。

相思相愛なら、どんなに気が楽だったか。

「――やるしかないぞ、レオナール」

レオナールは自分を鼓舞し、ざぶりと頭まで湯の中に沈んだ。


「さあ、おいで」

レオナールが促すように繰り返した。

「はい……」

ジュリエンヌはおそるおそるベッドに歩み寄った。

レオナールは白いガウン姿で、湯上がりなのか洗い髪がまだしっとりとして乾き切っていない。結婚式では綺麗に撫(な)で付けていた前髪が顔に下りていて、少しだけ少年っぽく見えた。

彼は腕組みをして、難しい顔をしてあらぬ方を向いている。

やはり、宿敵の娘と夫婦の営みをすることに不快感があるのだろうか。

ジュリエンヌはいたたまれない気持ちで、もじもじとその場に立ち竦む。

ふいにレオナールは腕を解き、ベッドの自分の脇をぽんぽんと叩いた。

「おすわり」

「はい」

そっとレオナールの横に並んで腰を下ろす。

かすかに肩同士が触れ、彼の体温が感じられて心臓がドキドキしてくる。

ちらりとレオナールの横顔を覗き見する。

ベッド脇の小卓の上のオイルランプの灯りに照らされて、端整な顔に陰影が加わってうっとりするほど美しかった。彼はジュリエンヌの視線に気がついたのか、ハッとこちらに目をやった。

怒っているみたいに怖い顔なので、ジュリエンヌは慌てて目を逸らす。

「ジュリエンヌっ」

レオナールが急いたように呼んだ。

「はいっ」

思わずこちらも咳き込むように答えてしまう。

するとやにわに食らいつくような口づけを仕掛けられた。勢いがよすぎて、がちっと歯がかち合う鈍い音がした。

レオナールは両手でジュリエンヌの小作りな顔を包み込み、深い口づけを続ける。

「んんぅっ」

彼の舌先が強引に唇を割り、痛みを感じるくらいに強く舌を搦め捕られ、強く吸い上げられる。息ができず苦しい。

「ふ、んんぁ、ふ……ぁ」

抵抗の声も出ないほど激しく口腔を掻き回され、溢れる唾液を啜り上げられた。

レオナールが体重をかけてきたので、ジュリエンヌはそのまま仰向けにシーツの上に押し倒されてしまう。

「……や、ぁ、ふぁ、ぁ……」

くちゅくちゅと唾液が弾ける悩ましい音が耳を犯し、息が乱れて全身が熱くなってくる。

強く舌を搦めたまま、レオナールの右手が性急にジュリエンヌの身体をまさぐってきた。

「んぅ、んんん……」

彼の大きな掌が、ジュリエンヌの身体の線を辿る。

異性にこんなに大胆に触れられるのは生まれて初めてで、くすぐったいような落ち着かないような気持ちで身じろいだ。

と、胸まで這い上がってきた彼の手が、大きさを確かめるように寝間着の上から乳房を摑んだ。そのままぎゅっと握ってくる。

痛みが走り、くぐもった悲鳴を上げてしまう。

「痛っ……っ」

レオナールはハッとしたように動きを止め、手を引いて唇を離した。

「あ――すまない」

彼はぱっと身を起こした。

ジュリエンヌはぷはっと息を吐き出し、涙目でレオナールを見上げた。

彼は何か呆然（ぼうぜん）としたような顔をしている。

「い、嫌だったか？」

小声でたずねてくる。

その声がひどく気落ちしているように聞こえ、ジュリエンヌの方がうろたえてしまう。

一方で、レオナールが夫婦の営みを拒絶するつもりはないとわかり、ほっとしている部分もあった。

「い、いいえ、そんなこと……」

「表向き仲の良い夫婦を演じさせて、閨（ねや）まで求めるのは過酷であったか」

レオナールは上半身を起こし、悄然（しょうぜん）と肩を落とした。

そのしょんぼりした姿が、なんだか無性に可愛（かわい）らしく見えた。

きっと彼は、国王陛下の命令で結婚したからには、夫婦の義務は完璧に遂行すべきだと考えているのだ。

なにぶん初めてのことなので、ジュリエンヌが過剰に反応してしまったのがいけなかったのか。

ここは何か励ますような言葉をかけてあげたい。

「旦那様――正式に結婚したからには、二人で子を成すことが大事でしょう?」

「――」

「あの、きっと、子どもができれば、ますます両家の繋がりは深まると思うのです。それが、国王陛下のお望みであられましょう?　でしたら、陛下のお気持ちに沿うように、二人で力を尽くすべきです」

レオナールの表情がパッと明るくなった。

「そうか、そうだ。陛下のご命令であるからな。両家の行く末のためにも、子作りに励むべきだな」

レオナールは自分に言い聞かすようにつぶやき、ゆっくりと両手を伸ばしジュリエンヌの寝間着の前合わせのリボンに手をかけた。

「脱がせて、いいか?」

了解を得るように問われ、顔を赤らめてこくんとうなずく。

裸体を異性に見せるなんて恥ずかしくて仕方ないけれど、レオナールだから許せる。でもやっぱり羞恥心がまさって、目をぎゅっと固く瞑ってしまった。

しゅるしゅると絹のリボンが解けるひそやかな音が聞こえ、寝間着の前合わせがはらりと左右に開いた。

ふるんとまろやかな乳房がまろび出る。

外気に触れた肌に、さっと鳥肌が立った。

「――美しい」

レオナールが息を呑む気配がする。

「この世で、こんなにも美しく崇高な造形があるだろうか」

彼の熱い視線が肌に突き刺さるような気がした。

ひんやりとしたレオナールの掌が、そっと両乳房を包み込んできた。

「あ」

ぴくんと肩が震えた。

「今度は、痛くしないから」

レオナールがあやすようにささやく。

「はい」

少し緊張を解いた。やわやわと優しく乳房を揉み込まれると、とても心地よい。

「なんて柔らかい。指の間で溶けてしまいそうに儚いのに、弾力もある」

ため息とともに彼がつぶやく。

レオナールの掌が、小さな乳首を擦るように円を描いて動くと、つんとした甘い疼きがそこから下腹部の奥へ走った。

「あっ」

思わず鼻腔に抜けるような声を出してしまう。自分でも驚くほど色っぽい声だ。

そして、続けて撫で回されているうちに、先端がぷっくりと飛び出して硬く凝ってくる。

「赤い蕾が、尖ってきた」

レオナールの指先が、硬くなった乳首をそっと摘んだ。

今度は強い痺れるような刺激が下肢へ駆け下りた。

「んあっ、あっ？」

そこに性的な快感が確かに含まれていて、ジュリエンヌは恥ずかしさと興奮に脈動が速まるのを感じた。

「可愛い声が出た。ここ、感じるのか？」

ジュリエンヌの反応に気をよくしたのか、レオナールは鋭敏になった先端をくりくりと指先で爪弾いた。

「や、あっ、あぁ、あ……」

いじられるたびに、悩ましい鼻声が上がってしまう。

乳首から生まれる強い刺激は子宮の奥の方をざわめかせ、内壁がきゅうきゅうとせつなくうごめく。あらぬ箇所が疼いて、落ち着かない。

その疼きに耐えられず、太腿をもじもじと擦り合わせてやり過ごそうとした。

「痛くないか？」

「い、痛く、ないです……」

レオナールはジュリエンヌの反応をうかがいながら、強弱をつけて乳首を撫で回したり、押し潰したり、指で摘んだりする。

甘い痺れが下腹部の奥に溜まっていくような気がした。生まれて初めてのやるせなくてもどかしい感覚に、ジュリエンヌは息を乱し、腰をもじつかせてしまう。

「こうするのは、どうだ？」

「い、痛くは……」

「では、どんな感じだ？」

「感じ、って……」

「気持ちよいか？」

「……」

性的快感がどんどん強くなってきているのはわかるが、そんな恥ずかしいことを口にはできない。ジュリエンヌが無言でいると、レオナールはますますねちっこく指をうごめかせ、乳首を刺激してくる。

　きゅーんと子宮の奥が甘く痺れ、耐え切れない。そして、その疼きは全身に広まっていく。

「ぁ、あ、ぁ、や、も……そこ、やぁ……やめ、て……」

　ジュリエンヌは息も絶え絶えになって、レオナールに懇願した。

「気持ち、いいのか？」

　しつこく聞かれて、優しい口調なのに、意地悪されている気分になる。

「き、きもち、いい……です」

　消え入りそうな声で告げると、レオナールはひどく満足そうな顔になった。

「そうか。では今度は――舐めてやろう」

「舐め……？」

　言葉の意味がわからずきょとんとしているうちに、レオナールは両手でジュリエンヌの乳房を寄せるように持ち上げ、身を屈めてそこに顔を埋めてきた。

「ああ、柔らかいな」

　彼の硬い鼻梁がすりすりと肌を撫でたかと思うと、片方の乳首を咥え込んだ。

　濡れた舌が鋭敏になった乳首を舐め回し、ちゅうっと音を立てて吸い上げたのだ。

「ひゃうっ」

強烈に甘い痺れが背筋を駆け抜け下肢を貫いた。

レオナールはもう片方の乳首を指でもてあそびながら、ぬるぬると口の中で乳首を転がしてきた。

指で触れられるよりもずっと心地よくて、ジュリエンヌは恥ずかしい喘ぎ声が止められなくなる。

「やぁっ、あ、あぁ、あ、舐め……ちゃ……やぁっぁ」

痺れる疼きは全身を犯し、ジュリエンヌは背中を仰け反らせて身悶える。

「しな、いで、そんなに、しちゃ……いやぁ、あぁ、いやぁあん」

はしたない声を上げまいと、唇に拳を押し当てて耐えようとした。

しかし、腫れ上がった乳首をレオナールが強弱をつけて吸い上げてくると、下肢が蕩けそうに甘く痺れてしまい、恥ずかしい声が止められなくなる。

「う、は、はぁ、あ、ぁ」

「我慢しなくていい、ジュリエンヌ。ここは私と君だけだ。好きなだけ、声を上げていい」

レオナールが乳房の狭間からわずかに顔を上げ、ジュリエンヌの表情をうかがった。

ジュリエンヌは涙目でレオナールを見つめる。

「だって……恥ずかし……い」

「恥ずかしくない、そら、これはどうだ？」

レオナールはやにわに乳首を口唇に吸い込み、きゅっとそこを甘嚙みした。

熱く激しい刺激に、下腹部がじぃんと痺れた。

「ひああっ、あ、あっ？」

ジュリエンヌは白い喉を仰け反らせて、大きく声を上げてしまう。

レオナールは交互に乳首を口腔に吸い込んでは、舐めたり歯を立てたり吸い上げたりと、多彩な動きで攻め立ててきた。

「ぁ、あぁ、だめぇ……そんなに、しちゃ……あぁ、ぁぁぁん……」

内壁がきゅんきゅん収縮して、そこに刺激を欲してしまう。

胸だけでは物足りない。そこを、隘路をいじって欲しいと願ってしまう。

だが、そんなはしたない要求を口にできるはずもなく、しきりに太腿を擦り合わせて、疼きをやり過ごすことしかできない。そのうちに、あらぬ部分がぬるついてくる気がした。

「も、もう、や、やぁ、だめ、もう……っ、もう……っ」

ようやくレオナールが顔を上げた時には、ジュリエンヌはすっかり脱力して、シーツの上でくったりとしていた。

身を起こしたレオナールの手が、ゆっくりと胸から下腹部へ下りていく。全身が敏感になってしまい、彼が触れた部分が熱く灼けつくような気がした。

そっと両足を開かされる。湯上がりで下穿きは身につけていない。

恥ずかしいのに、力が少しも入らず、されるがままになる。

秘められた箇所が丸見えになってしまう。

レオナールがかすかに息を吐いた。

「ああ――睡蓮の花のようだ。なんて美しいんだ」

自分でも見たことのない箇所の形状を言葉にされ、羞恥に全身が燃え立つように熱くなる。

「あ、ぁあ……や、め……」

レオナールの指がそろりと薄い恥毛を撫でた。

核心に近づいてくる淫らな感覚に、ぞくりと腰が震える。

彼の指先が秘所に触れてきた。

「あっっ、あああっ」

花弁をぬるりと撫でられると、強い快感が走り腰が大きく跳ねた。

「ああ――女性は感じるとここが濡れるのだな」

レオナールが感嘆の声を出す。

そして指先で綻んだ陰唇を掻き回した。くちゅんと卑猥な水音が立った。

「うう……」

なぜそんな風に濡れてしまっているのか自分ではわからなくて、ひたすら恥ずかしい。

レオナールは溢れる蜜を指で掬い取るようにして、ぬるぬると割れ目を上下に撫でた。

「は、あ、あぁ、は、や……め、あぁ、あぁん……」

恥ずかしいのにとても心地よい。

疼いていた箇所に触れられると、満ち足りた快感がひっきりなしに襲ってきて、もはや拒むことができない。

それどころか、隘路のもっと奥が飢えて、そこにも刺激が欲しくてたまらなくなる。思わず求めるように腰を突き出しそうになり、必死で自制した。

その時、襞をなぞるように動いていたレオナールの指先が、何か突起のような部分に触れた。

「ひ……っ」

びりっと雷にでも打たれたような衝撃が走り、ジュリエンヌは息を詰めて身を強張らせた。

「ああここか——女性が一番感じるという蕾は」

レオナールは小声でつぶやき、綻んだ花弁を指で押し開くと上辺にたたずんでいた小さな花芽を剝き出しにし、そこをまあるく優しく撫でた。

びりびりと凄まじい快感が続けざまに襲ってきて、ジュリエンヌは悲鳴を上げて及び腰になった。

「ひゃんっ、や、そこ、そこだめぇっ」

耐え切れないほどの刺激に、シーツをずり上がって腰を引こうとすると、レオナールが足首を摑んで引き戻す。

「逃げるな、もっと気持ちよくしてやるだけだから」

レオナールは自身の両足でジュリエンヌの下肢を押さえつけると、小さな突起を撫で回したり、押し潰したりしていたぶり続けた。

はじめは硬かったそこが、みるみる充血してぷっくりと丸く膨れてくる。ぱんぱんになった陰核を柔らかく撫でられると、そこから全身に痺れるような愉悦が広がり、目の前が真っ白に染まった。

熱い喜悦の奔流が胎内にどんどん溜まっていき、逃げ場を失って苦痛すら覚える。

「ひぅ、やめ……あぁ、あ、あぁ、しないで、そんなに……しちゃ……っ」

ジュリエンヌは涙目でいやいやと首を振った。

「嫌ではないだろう？　どんどん蜜が溢れてくる。気持ちいいのだろう？」

ぐちゅぐちゅと卑猥な水音が大きくなる。恥ずかしくていたたまれない。

でも強い快感に思考が蕩けて、もっとして欲しい、もっと気持ちよくなりたいと希求している。

「ほら、言ってごらん、気持ちいいだろう?」

今にも破裂しそうに膨らんだ敏感な秘玉(ひぎょく)を、レオナールは揉み転がし、優しく擦る。

「んんぅ、ん、んんぁ、あぁ、は、ぁ……」

両足から力が抜け、誘うように開いてしまう。

「ほら、言って、言わないとこのままだよ」

レオナールの呼吸も乱れ、声は少し掠れている。

「ぁ、あぁ、あ、あ」

これ以上は辛(つら)い、もう、終わりにして欲しい。ジュリエンヌは消え入りそうな声で告げる。

「き、気持ち、いい……」

恥ずかしいことを口にしたのに、レオナールはやめてくれなかった。

「気持ちいいか、そうか、これはどう?」

彼は指の腹でそっと花芽を押さえ、小刻みに揺さぶってきた。瞼(まぶた)の裏で、ばちばちと喜悦の火花が飛び散り、何かの限界に届きそうになる。

「ああーっ、だめぇ、あ、ぁあ、おかしく、なっちゃう……っ」

下腹部に溜まっていた快感が溢れ出してしまう。

未知の感覚に怯(おび)え、ジュリエンヌは甲高(かんだか)い嬌声(きょうせい)を上げた。

「だめぇ、怖い、おかしく……だめぇえ」

「おかしくなってしまえ、ジュリエンヌ、もっとだ」

そう言いながらレオナールは、鋭敏になりすぎた秘玉をきゅっと軽く摘んだ。

胎内で何かが決壊し、ジュリエンヌは一瞬何もわからなくなる。

「や、あああぁーーーっ」

全身が硬直し、息が止まった。

びくびくと腰が痙攣（けいれん）する。

そして、ひくつく隘路からさらに熱い蜜が吹き出すのを感じた。

「……はぁっ、は、ぁ……」

ふいに呼吸が戻り、全身からどっと汗が吹き出して、同時に強張っていた身体から力が抜ける。

「初めて、イってしまった？」

レオナールが汗ばんだ額に張り付いた後れ毛を、そっと掻き上げてくれた。

「い、イって……？」

意味がわからず潤んだ瞳でレオナールを見上げると、彼が満足そうに微笑んだ。

「気持ちよくて、限界を超えてしまうことを言うんだ。とても悦（よ）かったろう？」

ジュリエンヌは先ほどの激烈な感覚を思い出し、顔を真っ赤に染めてしまう。

「ここがまだひくひくしている。もっとして欲しそうだ」

レオナールの指が、つぷりと媚肉(びにく)の狭間に押し入ってきた。

「ひぅっ」

異物が挿入される違和感に、ジュリエンヌは息を詰める。

「狭いな――」

レオナールがつぶやきながら、ゆっくりと指を押し進めた。

すっかり濡れ果てている膣腔は、案外すんなりとそれを受け入れた。

「あ、あ、指……」

「ほんとうに狭い。こんなところに、受け入れてもらえるのか?」

レオナールが眉根を寄せて、ひとりごちた。

ジュリエンヌは快楽の残滓(ざんし)でぼんやりしている頭の中で、何を受け入れるのだろうと考える。

「指、二本は入りそうだ。少しでも広げておこう」

愛液のぬめりを借りて、レオナールは揃えた二本の指をゆっくりと奥へ突き入れる。

「んんっ……」

内側から押し広げられるような違和感に、ジュリエンヌは身を竦めた。

ぴたりと指を止めたレオナールがジュリエンヌの顔色をうかがう。

「痛いか？」

「い、え……痛くは……変な感じで……」

「そうか、慣れてくれ」

レオナールが膣壁をぐにぐにと掻き回した。

「ひ、あ、あ、あぁ」

違和感が強くなり、ジュリエンヌは身じろいだ。

「だいじょうぶ、だいじょうぶだ、もう根元まで挿入（はい）った」

レオナールはジュリエンヌにあやすように声をかけた。

そして、根元まで突き入れた指を、ゆっくりと抜く。その喪失感に、不可思議な快感を感じて身震いがした。

「あ、あ……ああ」

「もう、我慢できない」

レオナールが身を起こし、すばやく寝間着を脱ぎ捨てた。

「ジュリエンヌ、君が欲しい」

レオナールの声が乱れた呼吸で弾んでいる。

ジュリエンヌは彼をそっと見上げる。

オイルランプの灯（あか）りにほのかに照らされたレオナールの顔は、これまで見たこともない熱っぽい表情をしていた。欲情して野性味を帯びて、怖いくらいに美しい。

そして、引きしまった男の肉体の造形美にも目を奪われる。着痩せするたちなのか、レオナールの裸体はがっちりとして意外に逞しい。

うっとりと見惚れていたジュリエンヌだが、視線が彼の下腹部へ下りると、そこにそそり勃つ男性器を目にした途端、正気に戻った。

「きゃ……お、大きいっ」

興奮した男性のそれは、ジュリエンヌがうすらぼんやり想像していたものより、はるかに巨大で禍々しい造形をしていたのだ。

ジュリエンヌの怯えた視線に気がついたのか、レオナールは薄く笑う。

「大きいか?」

なぜ笑うのかわからず、ジュリエンヌはこくこくとうなずくばかりだ。

「だが、これを受け入れてもらわねばならない」

レオナールが自身の根元を片手で握りながらゆっくりとジュリエンヌの両足の間に自分の腰を押し入れる。

ぬくりと熱く硬いものが蜜口に押し当てられた。

「あ」

思わず身構えて腰が引けそうになる。

「逃げないでくれ」

レオナールの艶めいた低い声で懇願されると、ジュリエンヌは胸がきゅんとして、彼のするがままに任せようと心を決める。

目をぎゅっと瞑り、できるだけ身体の力を抜いた。

「いい子だ、ジュリエンヌ」

レオナールが覆い被さってきた。

ぐぐっと狭い入り口を押し開くようにして、傘の張った先端が入ってくる。

「う……」

きりきりと切り拓かれるような痛みが走り、圧倒的な質量にジュリエンヌは唇を嚙みしめて耐えようとした。

「く——きつい——っ」

レオナールが唸るような声を出す。

さらに先端が押し入ろうとした時だ。

「う——！」

レオナールが大きく息を吐き、ふいに腰の動きを止めた。

蜜口の浅瀬まで入り込んでいた彼の欲望が、びくんびくんと震えた。

そして、何か熱い液体が陰唇の狭間に吹き零れた。

みるみる圧迫感が消えていく。

「は——ぁ」

レオナールが上半身を起こし、浅い呼吸を繰り返している。

ジュリエンヌはおずおずと目を開いた。

終わったのだろうか？

案外痛くなかったし、意外にあっけなく終わった。

ジュリエンヌはほっとしてレオナールを見上げる。

すると彼の白皙の顔が真っ赤に染まっていた。

レオナールはジュリエンヌの視線をさっと避けた。そして口早に言う。

「す、すまないっ」

ジュリエンヌはなぜ謝られたのかわからず、きょとんとしてしまう。

「これは——悪かった、ほんとうに、悪かったたっ」

これまでずっと落ち着いて冷静な言動だったレオナールが、しどろもどろになっている。

どうしたのかわからないが、ひどく落ち込んでいるようだ。

ここは何か励ましの言葉をかけてあげた方がいいだろうか。

ジュリエンヌは微笑んで心を込めて言う。

「あの、いいえ——お優しくしてくださって、私、少しも痛くも苦しくもなくて、感謝しております」

するとレオナールが、かっと目を見開き怒ったように言い返す。

「ち、違うのだ、これは――っ」

彼はふいに口をつぐみ、頭をがりがりと掻きむしった。

「すまない」

レオナールががっくりと頭を垂れ、ゆっくりとジュリエンヌの上に倒れかかってきた。

その熱い肉体の重みが嬉しく愛おしくて、ジュリエンヌは両手で広い背中に手を回した。

「謝ることなど、ございません。ええと、す、素敵でした」

「変に慰めるな、余計に落ち込む」

なんで落ち込むのか。

でも、うろたえたり落ち込んだりするレオナールを見ると、彼が素顔を見せてくれているようで、心がじんわり温かくなる。

思わず本音を漏らしてしまう。

「旦那様……好きです」

優しい声で彼の耳元にささやくと、ぴくりとレオナールの肩が震える。

「――閨では仲良し夫婦を演じなくてもいい――」

不機嫌そうに言われ、焦（あせ）ってしまう。

「あのいえ、でも、あの、夫婦の行為は睦み合うというではないですか——それは仲良くする、という意味でしょう？　その……閨でこそ、仲良く振る舞うべきで……あの、きっと生まれてくる子どもも、両親が仲違いしながら子作りするよりは、仲良しで作った方が嬉しいかと……」

自分でも何を言っているのかわからなくなるが、せっかくすべてをさらけ出して抱き合っているのに、険悪な空気にしたくない。

すると、ふいにレオナールがくすりと笑った。

「ふふっ——君って——」

「え？」

「ほんとうに無邪気だな」

機嫌が直ったみたいで、少しホッとしたが、同時に蜜口に押し込まれたままだった彼の欲望がむくりと質量を増した。

「あっ？」

みるみるレオナールの分身が硬く膨れ上がってくるのがわかった。

あっという間に、膣内いっぱいに彼の欲望で埋め尽くされる。

「えっ？　な、何？」

うろたえていると、レオナールがおもむろに上半身を起こした。

「――まだまだ。ジュリエンヌ、今度こそが本番だ」

「え、え、まだ本番ではなかったのですか？」

こんな行為、一晩に一回だと思い込んでいた。

「その無垢(むく)な顔、ほんとうに可愛いな。可愛すぎる」

「え？　え、あ」

早速彼は閨でも仲良し夫婦を演じ始めたらしい。

レオナールはゆっくりと腰を押し進めてきた。まだ先に進むつもりらしい。

内臓が押し上げられるような圧迫感に、ジュリエンヌは息を呑む。

「あ、ひ……」

肉茎を半分くらいまで突き入れたあたりで、レオナールはいったん動きを止め息を喘がせた。

「く――そんなに力むな、押し出されてしまいそうだ。ジュリエンヌ、もっと中の力を抜け」

「え、あ、だって……どうしたら……」

要領がわからず、ますます全身に力がこもってしまう。しばらくレオナールの屹立(きつりつ)とジュリエンヌの胎内がせめぎ合った。

レオナールが焦(じ)れた声で言う。

「ジュリエンヌ、舌を——舌を出せ」

「は、はい、こう、ですか?」

素直にああんと口を開けると、レオナールがすかさず唇を重ねて、舌を搦め捕った。

「あ、ふ、ふぁ、あぁ、あふぅ」

嚙みつくような口づけに必死で応えていると、突然レオナールが思い切り腰を打ち付けてきた。彼の剛直が一気に最奥まで貫いた。

「ひ————っ!!」

熱い衝撃と激痛にジュリエンヌは声にならない悲鳴を上げ、背中を仰け反らせた。

動きを止めたレオナールは深いため息を吐いた。

「ああ——全部挿入ったぞ、ジュリエンヌ——君の中、なんて熱くてきつくて——気持ちよいのだろう」

「あ、あぁ、あ……」

引き攣るような痛みに、ジュリエンヌは浅い呼吸を繰り返すばかりだ。少しでも動くと内壁が裂けてしまいそうな気がして、身動きできない。

自分を満たしているレオナールの欲望がどくんどくんと脈動するのが生々しく感じられ、頭の中が煮え立ちそうに熱くなる。

レオナールが背中に手を回して、ぎゅっと抱きしめてきた。

た。

「これで――君の何もかもが、私のものだ」

陶然としたささやきに、胸がドキドキ高鳴り、破瓜の痛みも薄らいでいくような気がした。

ずっと好きだった人と結ばれた。愛した人に純潔を捧げられた。

もうこのまま死んでもいいとすら思った。

「動くぞ」

レオナールが小声でつぶやき、ゆっくりと抽挿を開始した。

「あ、あ、あ、あ」

破瓜したばかりの膣壁が引き攣れて苦しい。でも、この痛みは愛する人と一つになった証なのだと思うと、喜びの方が優った。

レオナールはジュリエンヌが生理的な涙を零して耐えているのを見ると、すまなそうに言う。

「苦しいか？　だがもう止められない。こんなに君の中が気持ちよくて――」

ジュリエンヌは涙目でレオナールを見上げて、必死で笑みを浮かべようとする。

「だ、だいじょうぶ、です……旦那様が気持ちよいのなら、それで……」

レオナールがなんとも言えないせつなげな表情になった。

「君も悦くしてやりたい」

彼は律動に合わせてたゆんたゆんと揺れているジュリエンヌの乳房を片手で包み込み、優しく揉み込んだ。そして、痛いくらいに尖り切って鋭敏になっている先端を口に含む。濡れた舌が乳首を舐め回し吸い上げてくると、じんと痺れる感覚が下肢に走る。

「ひぁんっ」

感じ入って思わず悩ましい声が漏れ、同時に胎内にきゅっと力がこもった。

「くっ——締まる、すごいな」

レオナールは押し返そうとするような媚肉の動きに対抗するように、腰の動きを速めた。そうしながら、懇(ねんご)ろにジュリエンヌの乳首を咥え込んでは、吸い上げ舌で擦り上げた。じゅわっと新たな蜜が結合部に溢れて、次第に屹立の動きが滑(なめ)らかになってきた。すると、痛みよりも灼けるような刺激が内部に生まれ、不可思議な熱に全身が甘く痺れてくる。

「んぁ、は、はぁ……ぁあ、はぁ、ん」

揺さぶられるたびに、艶めいた鼻声が漏れ出す。

「悦くなってきたか?　力が抜けてきたな」

レオナールが嬉しそうに言う。

「ここをこうすると、どうだ?」

彼は律動を繰り返しながら、片手を結合部に潜(もぐ)り込ませ、ぬるぬるになった性器をまさぐった。擦れてそそけ立った隠毛を撫でられ、腫れ上がった鋭敏な花芽に触れてきた。

びくりとジュリエンヌの腰が震えた。

「や、あ、だめ、そこ、触っちゃ……あっ、んんぁあっぁ」

びりびりと強烈な快感が媚肉をおののかせ、目の前がチカチカする。

きゅうっと濡れ襞が収縮し、勝手にレオナールの欲望を締め付けた。

「は──食い千切られそうだ、これはひとたまりもない──一度終わっておいて、よかった」

レオナールが苦しげに息を凝らした。

彼は陰核をねちっこくいじりながら、腰の動きを強めてきた。

「やぁ、あ、だめ、あ、あぁ、ぁ、はぁ、はぁぁ、あ……」

硬いカリ首が、最奥を押し開くようにずんずんと穿ってくると、あきらかに性的快感とわかる淫らな感覚がどんどん強くなってくる。恥ずかしいのに、だらしない嬌声が止められなくなる。

「悦くなったな、ジュリエンヌ、気持ちいいか？　イキそうか？」

レオナールはがつがつと腰を打ち付けながら、ジュリエンヌの反応をうかがう。

「は、ぁ、わ、わか、らない……の、熱くて……おかしくなりそうで、わからないの……」

本当は最奥を突かれるたびにぞくぞく甘く感じ入ってしまい、気持ちいい。

でもそんなこと、恥ずかしくてとても口にできない。

「これは、どうだ?」

レオナールは深く挿入したまま、ぐるりと隘路を掻き回すように動き、同時にきゅっと快楽の塊に成り果てた突起を指で摘んだ。

「ひ? あ、あぁあぁあぁっっ」

胎内に溜め込まれた愉悦が、一気に決壊した。

頭の中が真っ白に染まり、膣内がぎゅうっとレオナールの肉胴を締め付けた。

一瞬意識が飛んだような気がしたが、レオナールの剛直にずずんと深く突き上げられ、ハッと我に返った。

「あ? やだ、私……今……?」

「イッたか?」

レオナールが意地悪い笑いを浮かべたように見えた。

「いいぞ、ジュリエンヌ、もっと感じろ、もっとだ」

レオナールはジュリエンヌの腰を抱え込み引き付け、ずちゅぬちゅと猥りがましい水音を立てて激しく揺さぶってきた。

立て続けに絶頂感に襲われ、ジュリエンヌは初めて知る恐ろしいくらいの快楽に混乱する。

「いやぁ、だめぇ、あ、やだ、もう、しないで、ああ、ぁ、は、はぁあ……」

目尻から感じすぎた涙がぽろぽろ零れ、怖くて気持ちよくて、ジュリエンヌはもう何も考えられなくなる。

「やめるものか、君の中、熱くてきつくてぬるぬるして、最高だもの」

レオナールはもはやジュリエンヌの懇願には聞く耳も持たない。

太茎を引き摺り出され、抉(えぐ)り込まれ、秘玉をくりくりと撫で回されいたぶられ、重苦しい快感と突き抜ける愉悦を同時に与えられ、無垢な身体は翻弄された。

「だめぇ、やめてぇ、あ、また……あぁ、また、きちゃう……っ」

おかしくなりそうで泣いているのに、媚肉は嬉しげにきゅんきゅんと収斂(しゅうれん)して男根を離さず、擦られた膣襞がぐちゅっと愛液を吹き零して結合部をびしょびしょにする。

「そんなに喜ぶな、ますます興奮するだろう」

「ち、ちがう、もの……あ、あぁ、ぁあんん……」

「君の泣き顔は腰にくる――もっと泣かせたくなるぞ」

「やぁ、いじわる、意地悪……っ、あ、あ、あ、あぁあ」

「意地悪は仕方ない、宿敵クレマン家だからな」

レオナールの先端が、最奥のさらに奥を切り拓くみたいに、ずくずくと突き上げた。

「いやぁあ、あ、しないで、それ、だめ、しないで……っ」

ばちばちと喜悦の火花が瞼の裏で弾ける。

「や、あ、あ、だめ、に、あ、あぁぁ」

無垢な肉体がばらばらになり、壊れて、レオナールのために作り変えられていく。

「奥が吸い付く――ここが悦いか？」

言いながら、レオナールの巨根がぐりぐりと灼熱に燃え上がった蜜壺(みつつぼ)を掻き回す。内部のどこかが緩み切って、びしゅっと信じられない量の淫水が溢れ出した。粗相でもしたみたいなのに、もう恥ずかしがっている余裕もなかった。

「やだぁ、いっぱい、漏れちゃう……っ」

「案ずるな、君が感じている証拠だ。気持ちいいだろう？」

レオナールが腰の角度を変えて、感じやすい箇所を亀頭の括(くび)れでごりごり擦ってくる。

「んんんーっ、あ、あぁ、い、いい……」

ただただレオナールの与える快楽に酔いしれていた。

「気持ちいいか？」

「きもち、いい、いい、いいの、気持ちいいっ……」

ジュリエンヌは甘く啜(すす)り泣きながら喘いだ。

こんな感覚は生まれて初めてだ。

これが睦み合うということ。

嵐のように激しくて、でもどんなに甘いお菓子より蕩けそうに甘美だ。

怖いのに、もっともっとして欲しい。

もっと、もっとレオナールの好きなように変えて欲しい——。

「あぁ、は、はぁ、は、だ、んな、さまぁ……っ」

「ジュリエンヌ、私のジュリエンヌ」

レオナールも余裕がなくなってきたのか、名前を連呼しながらひたすら激しく腰を穿ってきた。最奥を小刻みに揺さぶられ、快感の限界を超えてしまい、ジュリエンヌはもはやなすがままに嬌声を上げ続けるしかなかった。

「ああ、あ、も、死んじゃう……死んじゃい、そう……」

最後の絶頂が襲ってきて、ジュリエンヌは釣り上げられた魚のように、びくびくと全身をおののかせた。

「く——私もっ——もう、出す、終わるぞ、ジュリエンヌ」

濡れ襞に包まれた灼熱の欲望がぐぐっと膨れ上がり、ぶるっと大きく胎動した。

「や、あ、あぁ、あぁあぁあぁあぁっ」

ジュリエンヌは全身を強く硬直させて大きく仰け反った。

「う——っっ」

直後、レオナールは獣のように低く呻き、ふいに動きを止めた。

同時にどくどくと肉棒が脈動した。

胎内を何か熱いものが満たしていく。

ああこれがほんとうの終わりなのだ、と酩酊した頭の隅でぼんやり思った。

「あ、あ……」

レオナールは何度か強く腰を穿ち、欲望の飛沫をすべて吐き出す。

ふいに、互いの動きが止まり、二人のせわしない呼吸音だけが寝室に響く。

「……はぁ、は、はぁ……」

「はぁ――は、はぁ――」

レオナールがゆっくりと腰を引いた。めいっぱい満たされていた肉うろがふいに空洞になる喪失感に、ぞくりと背中がおののく。

自分の体液と彼の吐き出した白濁液が混ざったものが掻き出され、とろりと股間を濡らした。

そして、レオナールが力尽きたようにジュリエンヌの傍に横たわった。

気がつくと、二人とも全身汗と分泌物でドロドロである。

顔だけこちらに振り向けたレオナールが、労るように言う。

「途中から、無我夢中になってしまった――きつくなかったか？」

ジュリエンヌは彼の優しさに胸がじんと熱くなる。

口にするのが恥ずかしくて、首を横に振って答える。

「そうか――君の身体のことをいろいろ知ったから、次からは、もっと悦くしてあげられる」

レオナールが乱れたジュリエンヌの髪をそっと指で梳いた。そんな何気ない仕草にも、甘くときめく。

この人は本来は、とても思いやり深い人なのだろう。

ただ、仇同士ということで、ジュリエンヌに好意が持てないだけなのだ。

もしジュリエンヌがバローヌ家の娘でなかったら――素直に愛してもらえたかもしれない。

とてもせつないけれど、両家のわだかまりを解消するためには、二人は仲の良い夫婦を演じなければならないのだ。

でも、今はこうして抱き合っているだけでいい。

睦み合った後は、互いの心の鎧が外れたみたいで素直になれそうな気がした。

「旦那様……」

ジュリエンヌはレオナールの広い胸に顔を埋め、すりすりと頬をこすりつけて甘えた。

レオナールが一瞬ぴくりと身を竦めたが、拒むことはせずそのまま腕枕をしてくれた。

ジュリエンヌは満たされた思いで、そっと目を閉じた。

蜜月を終えたら、レオナールの妻としてクレマン家の女主人として頑張ろう。

少し速く力強いレオナールの鼓動を聞きながら、ジュリエンヌは深い眠りに落ちていった。


「――私の可愛いジュリエンヌ」

レオナールはあどけないジュリエンヌの寝顔を見つめながら、しみじみとつぶやく。

とうとう、愛する女性と結ばれた。

心臓が痺れるほど感動していた。

生まれて初めて知る女体は、想像以上に柔らかくしなやかで熱く、レオナールは夢中になってしまった。

最初にあまりに意気込みすぎて、早々に自分だけ終わってしまった時には、頭が絶望感で真っ黒になってしまった。もう二度と勃起しないかと思うくらい落ち込んだ。自分の人生で、これほど落ち込んだことはなかったろう。

しかし、ピュアなジュリエンヌの無邪気な反応に救われた。彼女を求める気持ちはさらに煽（あお）られ、熱く燃え上がったのだ。

その後は、彼女の素直で色っぽい反応を楽しむ余裕も出た。

自分の腕の中で次第に官能の悦(よろこ)びに支配されていく彼女は、この上なく美しく扇情的だった。

ジュリエンヌの胎内は蕩けそうに熱く柔らかく、その上レオナールをきつく締め付けて離さなかった。

夢のようなあの時間を思い出すと、レオナールの下腹部はうずうずざわめく。

だが、心ならずも宿敵の家に嫁ぐことになり、どんなにジュリエンヌが悩み苦しんだろうと思うと、己が恋心だけに囚(とら)われていた自分の行為が浅ましいと反省した。

閨の中でも、懸命によい妻を演じようとしていたジュリエンヌが痛ましくも愛おしい。

「大事にする、必ず君を守る」

レオナールはジュリエンヌの艶やかな髪を撫でながら、固く心に誓うのだった。

レオナールの公務が多忙のため、新婚旅行は後日改めて計画するということになっていた。

その代わり、三日間休暇を取ったレオナールは、ほとんどジュリエンヌと部屋にこもり切りになった。

「一刻も早く子を成して、この結婚が成功であったと陛下にも皆にも、知らしめよう」

レオナールに真剣に提案され、ジュリエンヌも同意した。

そのために、朝も昼も夜も、食事と睡眠以外は夫婦の営みに費やしたのである。

どんどん互いの身体のことを知り、快感を深め分かち合う。

はじめのうちは、巨大なレオナールの欲望を受け入れるだけでも精いっぱいだったのに、あっという間に彼をすんなり受け入れられるようになった。軋むような苦しさもすぐに失せ、目も眩むような心地よさに取って代わられた。

愛する人に求められ、蕩かされて受け入れる悦びは、なにものにも代え難い幸福であった。

二人の若い肉体は悦びをどこまでも貪欲に追求し、求めた。

この三日間は蜜月と呼ぶにふさわしい時間だった。

――だが。

レオナールの休暇が終わり、彼が通常の生活に戻る日から、ジュリエンヌのほんとうの意味でのクレマン家との戦いが始まったのである。

第三章　女主人への試練

「奥様、奥様、起きてくださいませ、奥様」

その朝、まだうとうと微睡(まどろ)んでいたジュリエンヌを、誰かがゆさゆさと揺り起こした。

「ん……ミュゼ？　どうしたの？」

ジュリエンヌは寝ぼけ眼(まなこ)で顔を上げる。

侍女のミュゼが青ざめた顔で覗き込んでいた。

「奥様、クレマン家の朝のご挨拶(あいさつ)のお時間が過ぎております」

「え？　だってそれは、朝の八時でしょう？」

ジュリエンヌは目を擦りながら起き上がる。暖炉の上の時計に目をやると、まだ六時だ。

「今朝、旦那様が、そうおっしゃっていたわ」

レオナールは、一週間ぶりの登城のため公務が山積みになっているだろうと、夜明けに起きて出かけていった。その際に、ジュリエンヌに言っていたのだ。

「屋敷の歴代のご先祖への挨拶は、朝の八時からだ。それには遅れぬようにな。母はしきたりにうるさい人だから」

「はい、わかりました」

だから、レオナールの支度を手伝った後、つい二度寝をしてしまったのだ。

ミュゼがせかせかとベッドの天蓋を巻き上げながら答える。

「そ、それが、昨夜遅く突然、大奥様が六時にお時間を変更なさったのです。おそらく、旦那様と奥様には連絡が行き届かなかったのでしょう」

「ろ、六時っ？」

一気に目が覚め、転げ落ちるようにベッドから出た。

慌てて自分の部屋の化粧室に飛び込む。

「急いで急いで――他の侍女たちはどこなの？」

ミュゼに身支度を手伝ってもらいながら、ジュリエンヌはせかせかとあたりを見回す。

「屋敷の者全員、もう玄関ロビーに並んでおります――私は、こっそり抜け出して、奥様を呼びに走った次第です」

「全員……」

女主人のくせに寝坊したのだ。

ミュゼがジュリエンヌの髪を手早くまとめ上げた。

「さあ、出来上がりました。お急ぎください」

ミュゼがジュリエンヌの手を取り、廊下に導き出す。

「ああ私ったら、初日からこんな失敗をするなんて……」

青ざめるジュリエンヌに、ミュゼが声をひそめて言った。

「奥様――言いたくはないのですが、これは大奥様の嫌がらせではないかと思います。わざと奥様に、時間変更の連絡を怠ったのではないでしょうか?」

「嫌がらせ……」

最初に出会った時の、クレマン公爵夫人の冷たい態度を思い出す。だが、ジュリエンヌは首を横に振った。

「そんなことはないわ、きっと何かの行き違いよ。心から大奥様には謝罪するわ」

「奥様――出すぎたことを申しました」

ミュゼはそれ以上何も言わなかった。

玄関ロビーに出ると、ミュゼの言う通り、屋敷中の使用人たちが壁にかけられた代々の当主の肖像画の前に整列していた。

「遅れて申し訳ありません!」

最前列で背中をこちらに向けて立っているクレマン公爵夫人に、ジュリエンヌは息を切らしながら声をかけた。

くるりと振り返ったクレマン公爵夫人は、冷ややかに言う。

「バローヌ家では、女主人は寝坊するのが習慣ですか？」

ジュリエンヌは背中に冷や汗が流れたが、クレマン公爵夫人の前で深々と頭を下げる。

「本当に申し訳ありません、以後じゅうじゅう気をつけます」

「こんなだらしない方が女主人では、クレマン家の将来が思いやられるわ、ねえ、伯母様」

嘲笑うような甲高い声が聞こえた。

おずおず顔を上げると、クレマン公爵夫人の隣に若い令嬢が胸を張って立っている。すらりと背が高く、金髪で派手な顔立ちの美人だ。見覚えがある。披露宴で、ジュリエンヌの従兄のアドルフとダンスをしていた令嬢だ。

「ほんとうに、フランソワーズ。姪のあなたが、わざわざ早朝訪問して参加してくれたのにねえ」

クレマン公爵夫人が聞こえよがしにため息をつく。

「あら、よくってよ伯母様。私も、新しい女主人様にご挨拶したかったものですから」

フランソワーズは意地悪い目つきでジュリエンヌを見た。

「その髪型、ずいぶんラフね、寝起きのままみたい」

「あ、申し訳ありません、急いでいたものですから」

ジュリエンヌはしどろもどろになる。

クレマン家の人々が雁首揃えてジュリエンヌを軽蔑したような眼差しを送ってくる。

ジュリエンヌは唇をきゅっと噛みしめた。

仇敵の家に嫁ぐのだから、反感を買うのは覚悟の上だった。

でもこのようにあからさまに四面楚歌になると、レオナールが傍にいないと心細くてならない。彼は唯一の味方というか、一つの目的に向かっていく戦友のような存在だ。

「まあいいわ。さあ、早くあなたからご挨拶の号令をかけなさい」

クレマン公爵夫人に促される。

「わ、私ですか？」

「当然です。あなたがこの屋敷の女主人なのですから。それとも、クレマン家の風習には従えないとでも？」

「いいえ、とんでもない――輝けるクレマン家のご祖先様に、敬意を」

ジュリエンヌは深呼吸すると澄んだ声を張り上げた。

クレマン公爵夫人も背後に並んだ使用人たちも一斉に声を合わせた。

「敬意を！」

全員が肖像画の前で深々と頭を下げる。

一分ほど頭を下げてから、ジュリエンヌは顔を上げて歴代のクレマン家当主の肖像画をまじまじと見つめた。

まだ頭を下げ続けていたクレマン公爵夫人が、キッとして注意した。

「あなた、三分は頭を下げなさい」

「あ、すみません。つい、肖像画に見惚(みほ)れてしまって」

ジュリエンヌは微笑んで答えた。

クレマン公爵夫人は眉をひそめた。

「何がおかしいのですか？　ご先祖様に失礼でしょう？」

ジュリエンヌは慌てて口元を引きしめたが、今自分が発見したことについて、口に出さずにはいられなかった。

「第六代ご当主のリカルデ・ゴーン・クレマン公爵様は、歴代のご当主様の中でもとびきりハンサムで、レオナール様によく似ておられますね。レオナール様がお年を召して口ひげを生やされたら、あのような感じになるのかしらと思って、ちょっと嬉しくなってしまって」

クレマン公爵夫人が目を丸くした。

「あなた――クレマン家のご先祖様のお名前を、ご存知なの？」

ジュリエンヌはこくりとうなずいた。

「一代目がアブラハム様、二代目がメルケル様、三代目がトーマス・ビョルン様、四代目がヴィダル様、五代目がヴィルヘルム・イクセル様、六代目がリカルデ・ゴーン・クレマン様、七代目がグスタフ様、そして、八代目が現当主レオナール様です」

ジュリエンヌがよどみなく言うのを、その場にいたクレマン家の者たちはあっけにとられたように聞いていた。言い終えたジュリエンヌは、その場がシーンとしているのに気がつき、おそるおそるクレマン公爵夫人にたずねる。

「あの……間違いがありましたか？」

クレマン公爵夫人が軽く咳払い（せきばら）した。

「いえ——よく勉強してきたようね」

ジュリエンヌは褒められたのかと思い、頬を染めた。

「はい。クレマン家に嫁ぐと決まってからは、クレマン家の歴史や成り立ちをいっしょうけんめい学びました。少しでも、レオナール様のお役に立ちたくて」

「そ、その心がけは、よしとします——でも明日からは、寝坊は許しません」

釘を刺され、ジュリエンヌは強くうなずいた。

「はいっ」

フランソワーズが聞こえよがしにつぶやく。

「一夜漬けよ、すぐにバケの皮が剝（は）がれるわ」

クレマン公爵夫人は気を取り直すように、両手をパンパンと打ち鳴らした。

「さあさあ、みんな、仕事にかかりなさい」

使用人たちは一糸乱れぬ動きで、それぞれの仕事に取り掛かり始めた。それは、クレマン公爵夫人の監督が行き届いている証拠でもある。

それからクレマン公爵夫人は厳しい表情でジュリエンヌに顔を向けた。

「あなたには、今日からクレマン家女主人としての心得と仕事を、徹底的に教えます。もし身につかなかったら、クレマン家の恥。里帰りも覚悟しなさい」

「は、はいっ」

ジュリエンヌは背筋をピンと伸ばした。

朝食後、早速クレマン公爵夫人の部屋に呼ばれ、クレマン家の女主人としての心得を教えられることになった。テーブルにクレマン公爵夫人と向かい合わせで座る。

部屋のソファにはフランソワーズが陣取っていた。彼女は編み物をしながら、物見高い様子でこちらを見ている。

「では、まずは朝の女主人のお仕事から」

「はい」

「朝は、ご主人様より一時間は早く起きて身支度を済ませ、ご主人様のお支度の準備を使用人に指示してから、朝のご先祖様へのご挨拶の準備をします、そして――」

「はい」

ジュリエンヌは持参してきたノートの上に、一心にペンを走らせる。クレマン公爵夫人がよどみなく喋り続けるので、ジュリエンヌは書き取るのに必死になる。

バローヌ家は女主人である母が早死にしてしまったせいか、家の慣習はわりと緩かった。けれどクレマン家は、例えばお茶の葉はインドの高級茶葉、パンは白パンのみ、使う食器も朝昼晩と厳密に決められており、それを違えることは許されない。着るドレスの色も時間によって決まっていた。あまりに決まりごとが多くて、ノートがびっしり埋まってしまう。

「――だいたいこのくらいかしらね」

二時間近く滔々と喋り続けたクレマン公爵夫人が、やっと口を閉じた。ジュリエンヌは並べられた決まりごとの量の多さに、小さく息を吐いた。

フランソワーズがその様子を見て面白そうに笑う。

「バローヌ家のあなたにできるかしらね？　クレマン家では皆、小さい時から心得を教わるから、困ることはないけれどね」

「努力します」

クレマン公爵夫人が厳しい顔でこちらを睨む。

「努力しても、できなければ意味がないのよ。私は夫のクレマン公爵が亡くなってから、ずっとこの家の秩序と名誉を守ってきたのですからね」

ジュリエンヌはハッとする。

レオナールの父であるクレマン公爵は、六年前に心臓発作で亡くなっている。ジュリエンヌの母も、ジュリエンヌが十二歳の時に、流行病で命を落としている。母を心から愛していた父公爵は、再婚もせずに男手一つで五人の娘たちを育ててくれた。きっとクレマン公爵夫人も亡き夫に対して、父公爵と同じような気持ちだったのではないだろうか。

「お義母様は、お義父様をたいそう愛されておられたのですね」

心を込めて言うと、クレマン公爵夫人の頬がかすかに赤らんだ。

「な、何をはしたないことをっ――それに、あなたに義母呼ばわりされるのはまだ早いです。あなたがクレマン家にふさわしい嫁だと私が認めるまで、義理の娘とは認めませんからねっ」

「はい……」

厳しく叱られ、ジュリエンヌはしゅんとうつむいた。

フランソワーズがにやにやしながらその様子を眺めている。

その日一日、ジュリエンヌはクレマン公爵夫人に付き従い、屋敷中の決まりごと、使用人たちへの指示の仕方などを教え込まれた。

覚えることが多すぎて、ジュリエンヌは頭の中がぱんぱんになってしまう。

「では、明日からあなたが女主人として、このお屋敷を仕切るのですよ」

クレマン公爵夫人は、最後にそう言い渡した。

急に同じようにやれと言われても、到底無理だろう。

翌日から、ノートと首っ引きで女主人のやるべきことを、必死でこなそうとした。

右往左往しながら指示をするジュリエンヌを、侍女たちは慇懃無礼な態度で見ている。

わざと聞き間違えたふりもされた。その冷ややかな態度は、わかっていてもジュリエンヌの気持ちを落ち込ませる。

午前とお昼の仕事をどうにか乗り切り、レオナールが帰宅する夕方まで、書き付けたノートを夢中で読み込み、やるべきことを覚えていた。そのために、あやうく夕方のご先祖様への挨拶の時間を忘れそうになった。

ミュゼが気を利かせて呼びに来てくれたので、全速力で玄関ホールへ向かった。

ちょうど、帰宅したレオナールの鞄とステッキを、クレマン公爵夫人が受け取っているところだった。

クレマン公爵夫人がきつい声を出す。

「旦那様のお出迎えに遅れるとは、心得違いもはなはだしいですよ」

「申し訳ありません」

ジュリエンヌは慌ててレオナールの上着を脱がせるのを手伝おうとした。するとレオナールがやんわりとその手を止める。

「いや、子どもではないし、上着くらい自分で脱げる。ジュリエンヌ、気にするな」

「え、でも……」

ちらりとクレマン公爵夫人の方をうかがう。

レオナールは平然と続けた。

「ついでに、夕方の全員を集めての祖先への挨拶も、中止にしたいと思う」

「なんですって⁉」

クレマン公爵夫人が声を裏返した。

「今後、私はますます重責な公務を任されることが多くなると思う。帰宅が不規則になり、こうした集まりに参加できないこともある。当主が規律を守れないのでは、使用人にも世間にも体裁が悪いだろう。母上、いっそ夕方はなしにしましょう。使用人たちも夕方は何かと忙しいし。朝に一回、心を込めて挨拶すればよいでしょう」

「そ、そんな、クレマン家の慣習が――」

クレマン公爵夫人はわなわな声を震わせる。

すると、レオナールはジュリエンヌの腰を引き寄せ、額にちゅっと音を立てて口づけした。

「ただいま、可愛い奥さん」

ジュリエンヌは恥ずかしさにうろたえる。が、耳元でレオナールがささやく。

「私にもキスを返して。仲良し夫婦を演じるのだろう？」

ジュリエンヌは慌てて笑顔になり、背伸びしてレオナールの頰に唇を押し付ける。

「おかえりなさい、旦那様。お疲れでしょう」

「うん、でも君の笑顔を見たら、いっぺんで元気になったよ」

「まあ、嬉しいです」

クレマン公爵夫人はぽかんとして二人のいちゃいちゃぶりを見ていた。

だが、急に怖い顔になり、

「そう、わかりました。この娘のせいで、クレマン家の規律が乱れても知りませんよ！」

そう言い捨て、くるりと背を向けるとその場を去ってしまった。

夕方の挨拶のために集まっていた使用人たちは、どうしていいかわからずその場にもじもじ立っている。

「さあ、聞いたろう？　夕方の全員での挨拶は、なしになった。皆、仕事に戻っていいぞ」

レオナールがきっぱり言ったので、彼らはホッとしたように散り散りになった。

玄関ホールに二人きりになってしまう。

ジュリエンヌはおずおずたずねる。

「いいのですか？　ご先祖様に失礼ではないですか？」

「かまわない。どうせ、全員墓の下だ。誰も気にしないさ」

ジュリエンヌはレオナールの平然とした様子に目を見開く。

当主の彼こそ、クレマン家の慣習に厳しい人なのかと思っていた。

「ジュリエンヌ、私たちの結婚こそが、これまでの古い因習を打ち破る最たるものだ。私は、何もかも、変えていきたいんだ。政治も家のことも、刷新していかねば成長はあり得ない」

レオナールの若々しい決意に溢れた表情が美しい。

ジュリエンヌはその顔に見惚れてしまう。

やがてこの国を支える中心人物になるであろう彼は、先を見据えているのだ。

そのために仇同士の結婚も、利用しようと思っているのかもしれない。

それでも、彼の見つめる道の先までずっと一緒に行きたい、とジュリエンヌは思った。

レオナールを支えることこそ、自分の一生の仕事なのだと強く感じた。

その夜の晩餐に、クレマン公爵夫人はひどく不機嫌な様子で現れた。

対照的に、レオナールは終始機嫌よくジュリエンヌに話しかけてくる。

クレマン公爵夫人の顔色をうかがいつつも、ジュリエンヌはレオナールと睦まじい会話を続けていた。

食後、お茶が配られた時だ。

カップに口をつけようとしたクレマン公爵夫人は顔色を変える。彼女はカップを受け皿に戻すと、ジュリエンヌを厳しい目で睨んだ。

「あなた、私が命じた通り、ちゃんとお茶の葉の確認をしたの？」

ジュリエンヌは深くうなずく。

「はい。教わった通りに、配膳前にお茶の葉の壺を係に見せてもらい、中身もきちんと調べました」

「では、このお茶はなんですか⁉　こんな不味いお茶、生まれて初めて飲むわ！」

クレマン公爵夫人は声を荒らげる。

「え？」

ジュリエンヌはうろたえて、自分の分のお茶を一口飲んでみた。苦くざらりとした嫌な舌触りだった。

クレマン公爵夫人は、侍女に命じて厨房からお茶の葉の壺を持ってこさせる。蓋を開けて中を確認した彼女は、顔色を変えた。

「きゃあっ、虫がいっぱい湧いているわ！　ご覧なさい！」

クレマン公爵夫人が突きつけた壺の中を覗くと、茶葉の中にうようよと虫の幼虫が湧いている。ぎょっとした。

「そ、そんな……私が見た時には何も異常はなくて……」

「嘘おっしゃい！　あなたは私の言うことを聞かず、お茶の下調べを怠ったのだわ！」

こめかみに青筋を立てて怒るクレマン公爵夫人に対し、ジュリエンヌは言葉もなくうなだれる。

「母上、この季節、虫が湧くのも仕方ないでしょう。それに、注意せずにお茶を淹れた侍女たちにも責任がある。ジュリエンヌだけを責めないでください」

レオナールが落ち着いた声で仲裁に入る。

クレマン公爵夫人はキッとレオナールを睨んだ。

「侍女たちの管理は、女主人の責任です！　私は食後のお茶を飲むのが唯一の楽しみなのに」

「あの、お義母――夫人、実家から持参したココアの粉があるのですが、代わりにそれを淹れてさしあげましょうか？　私、妹たちによくココアを淹れて喜ばれていたんです」

ジュリエンヌが元気付けようと切り出すと、クレマン公爵夫人は顔を顰めた。

「ココアですって？　あんなドロドロした下賤な飲み物、クレマン家では嗜みません！」

これまで紅茶一辺倒だったこの国で、最近若い世代を中心に、海外から入ってきたココアを飲むのが流行になっていた。新しもの好きなバローヌ家では、いち早く取り入れ、ココアは日常的に飲んでいたのだ。しかし、保守的な紅茶派の人々からは「泥水」などと揶揄され嫌がられてもいた。

「で、でも、とても美味しいんです、ぜひ、一度――」

った。

「もういいです、気分が悪いわ。私は先に休ませてもらいます」

クレマン公爵夫人は席を蹴るようにして立ち上がると、そのまま食堂を出ていってしまった。

「……」

ジュリエンヌはしょんぼりと膝の上のナプキンをもてあそんだ。

レオナールが手を伸ばし、そっとジュリエンヌの肩に触れる。

「気にするな。母上は頑固なところがあるからな。新しいものにはなかなか馴染もうとしないのだ」

「はい……」

レオナールが侍女たちの手前、ジュリエンヌの立場を慮るふりをしてくれる。演技だとわかっていても少し気持ちが慰められた。

レオナールが食堂係の侍女たちに少し厳しい声を出した。

「ジュリエンヌはまだクレマン家に来て日が浅いのだ。お前たちが女主人を気遣わなくてどうする。以後、ジュリエンヌの不始末はお前たちの不始末と心得よ！」

「承知しました！」

侍女たちは当主の怒りに恐れをなし、顔色を変えてかしこまった。

「いいえ、私の自覚が足りなかったのです。旦那様、彼女たちを責めないでください。これから、私がもっと気配りするようにいたしますから」

ジュリエンヌは思わず大きな声を出した。

嫁いできてから大人しくて控えめにしていたジュリエンヌが、はっきりした態度を取ったので、レオナールばかりでなく、侍女たちも驚いたようにジュリエンヌの方を見た。

ジュリエンヌはついいきり立ってしまったことを恥じて、顔を赤くした。

しかし、めげずに顎をキュッと引き、続ける。

「私は確かに仇敵の家の娘です。でもひとたびクレマン家に嫁いできたからには、この家の人間になる覚悟を決めています。クレマン家の一員になりたいのです。この気持ちだけは、旦那様にも皆さんにもわかって欲しいのです」

「ジュリエンヌ――」

レオナールが感に堪えないという顔になる。彼は意を決したような表情になって、口を開こうとした。

「私は、ほんとうは君のことを――」

その時、ミュゼが涙ぐみながら口を挟んだ。

「ご立派です！　奥様のお覚悟、感服いたしました！　私は奥様に心からの忠誠を誓います！」

ミュゼが深々と頭を下げた。他の侍女たちは、顔を見合わせ、気まずそうにそれになららった。

「皆さん……」

ジュリエンヌは感動して声を詰まらせた。

レオナールは何か照れくさげに咳払い、堅苦しげに言う。

「こほん――そういうことだ。皆、ジュリエンヌを支えてやって欲しい」

「承知いたしました」

侍女たちが声を揃えて返事をした。

――その晩のことである。

ジュリエンヌが入浴を済ませ夜の着替えを終えて化粧室から出てくると、居間のソファにガウン姿のレオナールが座っていた。何か読んでいるようだ。

「まあ旦那様、今から寝室に赴こうと思いましたのに」

「うん。少し、君と話をしたくてね。これ、君が書いたのかい？」

レオナールは手にしていたノートを持ち上げて見せた。

「あ、それは……」

クレマン公爵夫人から教えられた心得を記したノートだった。暇を見ては読み込んでいるので、テーブルの上に、うっかり開きっぱなしにしておいたのを思い出した。

「そうです。クレマン家の女主人としての心得を、クレマン夫人に教えていただいて」

「これはまた、ずいぶんな量だな――」

「でも、とても詳しく指示をいただいたので、ありがたいです」

レオナールは硬い表情ですっと立ち上がり、暖炉に近づいた。

「こんな瑣末なことまで細々と、君が覚える必要はない。もう君がこの家の女主人なんだ、君のやりたいように、家の規律を作っていいんだ」

彼はノートを暖炉の熾火の中へ放り込む仕草をした。

「あっ、だめっ」

ジュリエンヌはとっさに飛び出し、レオナールの手からノートを奪い取った。

レオナールは驚いたように目をパチパチさせた。

「君って、意外に俊敏なんだな」

ジュリエンヌはノートを胸に抱きしめ、顔を真っ赤にして抗議した。

「何を感心しているんですかっ。こんな乱暴なこと、やめてくださいっ」

レオナールは心外そうな顔になる。

「君のためを思ったんだ。旧弊な規律に支配されることはない」

「お気持ちはわかります。でも、古いものが全部悪いとは思えません」

「――」

「古いことにもいい慣習はあります。急に何もかも新しくするのは、皆が混乱するだけです。ゆっくりで、いいんです」

「――ジュリエンヌ」

「ゆっくりと、私はこの家に馴染んでいきたいんです」

「――そうか」

レオナールが目を眇めた。

「君は――ほんとうに素敵だね」

ジュリエンヌは別の意味で顔を赤くする。

「ふ、二人きりですから、仲良し夫婦を演じなくてもいいんですよ」

「――では、君、私にココアを淹れてくれるか？」

「え？」

「クレマン家はこれまで母が仕切っていたからね。紅茶以外の飲み物は固く禁じられていたんだ。私は、君のオススメのココアを飲んでみたいな。まずは、私からゆっくり、新しいことを受け入れるようにしよう」

ジュリエンヌは胸が熱くなる。

「ま、待っていてくださいね。今、奥から粉を取ってきますから。あの、厨房へ行ってきていいですか？」

「もちろんだ。ここで待つよ」

「はいっ」

ジュリエンヌは自分の部屋に飛び込み、棚の奥にしまっておいたココアの缶を取り出した。エプロンを着けて厨房に赴くと、夜番の若い侍女たちがお喋りをしながら後片付けをしていた。彼女たちは、突然女主人のジュリエンヌが入ってきたので、抜き打ちチェックかと思ったらしく、にわかに緊張する。

ジュリエンヌはにこやかに言う。

「ああ、そのままお仕事を続けてちょうだい。ちょっとお台所をお借りするわね。お砂糖とミルクはありますか？　それと、片手鍋とスプーンも」

「は、はい」

侍女たちが急いで言われたものを用意した。

開放オーブンの火がまだ落としてなかったので、ジュリエンヌは鍋を火にかけると、ココアを作り始めた。侍女たちが背後から物珍しげに覗き込んでいる。ジュリエンヌは彼女たちに教え込むように、ゆっくり手順を説明した。

「ココアの粉とお砂糖を少量のミルクでよく練って、残りのミルクを入れて弱火で掻き混ぜながら温めるの。ココアがダマにならないようにね。沸騰させないようにするのがコツなのよ」

「そうなのですね」

侍女たちは感心したようにジュリエンヌの手元を見ている。

やがて甘い匂いが厨房に広がった。

「ああ、いい匂いがしてきました」

侍女たちが鼻をくんくんさせる。

ジュリエンヌは出来上がったココアを、二つのマグカップに注いだ。

「銀のお盆を出してくれますか。あ、オートミールクッキーがあればお皿に少し乗せてくれる?」

「かしこまりました」

ジュリエンヌはカップとお皿を載せたお盆を持つと、侍女たちに告げる。

「缶の残りのココアは、あなたたちで飲んでちょうだい。粉が古くなると美味しくないから。作り方は今見ていたでしょう?」

侍女たちは戸惑(とまど)った顔になる。

「よろしいのですか、私たちがご相伴(しょうばん)にあずかっても? 大奥様は、ご自分たちと私たちの食べるものは、厳格にお分けになっていたので」

ジュリエンヌはうなずく。

「かまわないわ。美味しいものは、みんなで分け合いたいわ」

侍女たちの顔が綻(ほころ)んだ。

「じ、実は、一度、ココアを飲んでみたかったんです」

「わ、私もです」

ジュリエンヌはにっこりした。

「ぜひ、味わってちょうだいね」

厨房を出る時、中からはしゃぐ侍女たちの声が聞こえてきた。

部屋に戻ると、レオナールはソファの肘置きに頰杖をついてうとうとしていた。

国王陛下の覚えもめでたく、ますます忙しくなると言っていた。

公務と結婚生活、両方に気を遣って疲れているのかもしれない。自分の存在が、彼の負担になっているのかもしれないと、胸が痛む。

足音を忍ばせて近づくと、彼がふわりと目を開けた。

「ああ——甘い匂いがするな」

ジュリエンヌはソファの前のテーブルにお盆を置き、ココアのカップを両手に包んで差し出した。

「お待たせしました。熱いですから火傷（やけど）しないように」

「ありがとう」

受け取ったレオナールは一口ココアを啜（すす）り、目を丸くした。

「これは——」

ジュリエンヌは気遣わしげに彼の顔を見る。

「お口に合いませんでしたか？」

それまで少し眠そうだったレオナールの目が、正気を取り戻したように輝く。

「とんでもない！　とても美味しいよ。甘くて優しい味で、しかも滋養に富んでいそうで、身体にしみるようだ」

彼はこくこくと喉を鳴らして、美味しそうにココアを飲み干した。

ジュリエンヌはホッとして、レオナールの隣に座って自分のカップを手にし、ココアを啜る。甘いまろやかな味に、心がほっこりする。今まで飲んだどのココアより、甘い気がした。

「うふ、美味しい」

レオナールは空になったカップをお盆に戻すと、そっとジュリエンヌの髪を撫でた。

「明日から、夜、寝る前にココアを淹れてもらうことにするよ。ただし、君が淹れてくれること。奥様の役目だ」

ジュリエンヌは嬉しくて頬を染めた。

「はい、お任せください」

レオナールが身を寄せてくる。

「クレマン家の新しい習慣、その一だな」

彼はジュリエンヌの頰に唇を押し付ける。その柔らかく悩ましい感触に脈動が速まった。

「その一、寝る前のココア、ですね」

「うん、そして――」

つつーっとレオナールの唇が頰から口元を辿る。

「あ」

ぺろりと唇を舐められ、くすぐったさに肩を竦めた。

「寝る前に、必ず君を抱く」

レオナールが低い声でささやく。

ジュリエンヌはドキドマギして、身を硬くした。

「か、必ず、なんて……んん……っ」

唇が塞がれる。

レオナールの舌が唇を割り開き、口腔を掻き回した。

「君とのキスは甘い」

彼の息遣いが少し速まっている。劣情を催しているのだ。

「コ、ココアの味、です」

「いや、君が甘いんだ」

レオナールが再び唇を重ね、性急に舌を求めてくる。

「んんぅ、ふ、あ……ぁ」

拙い動きで、彼の舌の動きに応じているうちに、みるみる全身が熱く昂ぶってくる。魂まで奪われそうな深い口づけを受けて、頭の中がココアみたいに甘くとろんと溶けてくる。

「ぷは、はぁ……ぁ……ふぁ」

ジュリエンヌの甘い舌を味わい尽くしながら、レオナールは片手で器用にジュリエンヌの寝間着の釦を外していく。

「あ、ま、待って……寝室へ……」

ジュリエンヌがレオナールの身体を押し離そうとすると、逆に体重をかけてソファの上に押し倒された。

「ここでいい」

レオナールは、はらりとジュリエンヌの寝間着の前を開き、素肌を露にする。

「え、こんなところ、で?」

「睦み合うのはベッドでなければいけない、という決まりはないよ」

レオナールはにやりとして、やわやわとジュリエンヌの乳房を揉み込み、指先で弾くように乳首を掠めた。繰り返し彼の指で刺激を受けてきた乳首は、あっという間にきゅうっと硬く凝り、甘い刺激を生み出す。

「あ、ん、あぁん……」

思わず色っぽい鼻声が漏れてしまう。

「感じやすくなったね。君が興奮すると、白い肌が綺麗な薔薇色に染まっていく」

「や、そんなこと、言わない、で……あ、あぁんんっ」

摘み上げられた乳首を、ちゅうっと音を立てて咥え込まれる。濡れた舌で舐められたり転がされたりすると、下腹部の奥が痛いほどきゅんと疼くのがわかった。

鋭敏になった先端を甘嚙みされて、その強い快美感に背中が大きく仰け反る。

「ああん、嚙んじゃ……やぁ……っ、いやぁ」

「嘘つき、悦い、の間違いだろう？」

意地悪い声を出し、レオナールは両手で乳房をいたぶりながら、顔をゆっくり下ろしていく。

濡れた舌が横腹を辿り、臍の周囲を舐め回す。

くすぐったいような痺れるような快感に、ジュリエンヌはびくんと腰を浮かせた。

「あっ、あ、や、お臍、やぁっ」

「ここも感じるの？」

レオナールは面白そうに、さらに臍の周りを円を描くように舐め回し、小さな窪みに舌先を押し込んでそこもくりくりと刺激してきた。

「ひ、あ、やだ、お臍、やだ、舐めない、で、あ、ぁ、あぁぁ」

彼の舌がひらめくたびに、子宮に直に響くような強い刺激が走り、ジュリエンヌはびくびくと腰をおののかせた。

信じられない。

普段は意識したこともないこんな小さい箇所が、恐ろしいほど性的快感を生み出す器官に成り代わるなんて。レオナールもジュリエンヌの反応が、新鮮な驚きだったようだ。

「へえ、君はこんなところが感じやすいのか？　これは大発見だな」

言いながら、彼は臍ばかりを執拗にぬめぬめと舐め回した。

「お願い、やめて、やめ……あぁ、あぁ、んんん、あぁん、あぁ……」

脳芯を蕩かすような刺激に、じゅくっと淫らな蜜が隘路の奥から溢れてくるのがわかった。ジュリエンヌは恥ずかしさと心地よさに戸惑いながら、身じろいだ。

あまりに強い官能の痺れに、辛さが増してもう耐え切れない。

「だめぇ、旦那様、もうやだ、そこやぁ、やめ、て、やぁ……」

逃れようと淫らに身体を波打たせ、ずりずりと背中でソファを這い上がろうとした。

「そんなに感じてしまうのか？　ああ、君の身体はまだまだ未開の地だな」

レオナールは感に堪えないような声を出し、顔をさらに下に下ろしてきた。

薄い恥毛を彼の舌がざらりと舐め上げた。

「え、えっ？」

何をするつもりなのか？

これまで、レオナールに身体のあちこちを舐められて、耳の後ろや首筋、脇、背中の窪み、今回のお臍と、感じやすい弱い箇所を見つけられていた。

だが、恥ずかしい箇所まで舐めようとするとは思わなかった。そもそも、これまでは恥ずかしさもあり、寝室の灯り(あか)は最小限に落としてもらって睦み合っていたのだ。明るい場所で恥ずかしい部分をこんな間近で見られるのは、初めてだった。

「ま、待って……」

腰を引こうとしたが、濡れた舌が綻(ほころ)んだ陰唇をぺろりと舐めると、淫らな痺れが走って、息が止まりそうになった。

「ひ、ぁっ」

びくんと腰が浮いた。

太腿の狭間に熱い彼の息遣いを感じ、その艶(なまめ)かしい感触にすらぞくぞく背中が震え、逃れようとする気持ちが失せてしまう。

「朝咲きの睡蓮(すいれん)の花のような綺麗なピンク色だ。ひくひく震えて、見ているだけで花弁(かべん)の奥からいやらしい蜜がとろとろ溢れてくる」

レオナールが自分でも見たこともない秘所の形状を口にするので、羞恥に全身がかあっと燃え上がった。ただ、恥ずかしいだけではなく淫らな気持ちも昂ぶっていく。

「いやっ、見ないで……そんなこと、言わないで……っ」

弱々しく抗議したが、レオナールの熱い視線を感じるだけで、隘路がきゅうんと痺れて新たな愛蜜を噴き零してしまう。

「いや、もっと見てやろう」

レオナールはジュリエンヌの太腿に両手をかけ、さらに大きく開脚させた。ふうっと陰唇に彼の生温かい息がかかり、媚肉がじわりとむず痒く疼いた。割れ目を指先がくぷりと押し開く。

「あ、あぁ、あ……ひっ？」

広げられた陰唇をねろりと舐められた。淫らな甘い痺れが走り、うろたえる。性器を舐められて心地よく感じてしまう自分が、あまりに淫らで恥ずかしすぎる。

「や、め、あ、あ、や、やぁ、やめて、あぁ……」

声を震わせて懇願したが、レオナールはちゅくちゅくと粘ついた水音を立てながら、花弁を一枚一枚丹念に舐め上げていく。

ぬくりと舌先が浅い部分に押し入ってきて、出たり入ったりする。

「や、め、て、汚い……です、だめ、ぇ……」

いやいやと首を振って懇願する。

「何も汚くない——甘酸っぱくて、男を酩酊させる淫らな味がする」

レオナールはくぐもった声で答え、さらにくぷくぷと媚肉の奥まで舌を押し入れては舐めてくる。

と、彼の舌先が、濡れ襞の合わせ目にたたずむ小さな尖りを探り当てた。

そこを優しく舐め回されると、強烈な快感が走り、ばくんと腰が跳ねた。

「ひあぁ、や、だめぇ、そこ、だめえっ……っ」

これまでさんざんレオナールの手指でそこをいじられ、数え切れないほど愉悦の高みに追いやられてきたが、口でされるとさらに卑猥さが増して、よりいっそう感じてしまう。

舌先が円を描くように秘玉を転がすと、そこがみるみる充血して膨らんでくる。

包皮を舌で剝かれ、剝き出しになった花芯を直に舐められると、ビリビリと激烈な刺激が脳芯まで走り、頭が真っ白になった。

「やめてぇ、もう、やめてぇ、お願い……ダメに、そこ、だめ……に」

両手で股間に埋められたレオナールの頭を押し返そうとしたが、もはや四肢に力が入らず、ただ彼のしっとりした洗い髪をくしゃくしゃに掻き回すだけだった。

「ダメになってしまえ」

レオナールがひと言つぶやき、鋭敏な陰核をちゅううっと吸い込んだ。

「んぁ、あああぁぁっ」

頭の中で快楽の花火が弾けた。目の前が真っ赤に染まって、チカチカした。

一瞬で、絶頂に飛んだ。

腰が浮いたまま下肢が硬直する。

だがレオナールは、さらに秘玉を咥え込み、口の中で転がしては強く吸う。

「やぁあぁあ、も、もう、イッたの、もう、イッちゃったのぉぉぉ」

ジュリエンヌは目尻から感じ入った涙をポロポロ零して、悲鳴のように甲高く叫んだ。

レオナールはぱんぱんに膨れた突起を懇ろに舌でなぶり、強弱をつけて何度も吸い上げた。

「や……ぁ、や……ひ――――っ……」

絶頂のさらに上に押しやられ、ジュリエンヌは声も出なくなり、ただひゅうひゅうと鋭い呼吸を繰り返すだけになる。腰が、がくがくと痙攣する。隘路の奥からじゅくんと熱くさらさらした潮が吹き出した。

レオナールはじゅるじゅると卑猥な音を立てて、溢れる淫蜜を啜り上げる。

「やめ……てぇ……や、あ……ぁ、あ……」

感じすぎておかしくなりそうで、もうやめて欲しいのに、両足はさらに求めるみたいに緩んで開いてしまう。

「やだぁ、足、開いちゃう……開いちゃう、のぉ……」

浅いところを刺激され、鋭い愉悦に身悶えているのに、膣腔の奥はまだ足りないとばかりにきゅうきゅう収縮を繰り返して、ジュリエンヌを責め立てる。

もう、終わりにして欲しい。

そして、奥に熱く太いものを挿入れて欲しい。そこで終わりたい。

「はぁ、あ、旦那、さまぁ、も、お願い……だから……お願い……」

ジュリエンヌは息も絶え絶えになって懇願する。

レオナールがようやく舌の動きを止めた。

彼はおもむろに顔を上げ、ジュリエンヌの表情をじっと見る。

「どうして欲しいの？」

からかうような口調に、ジュリエンヌは口惜しさと焦れったさに身体中の血が沸き立つ。

「お、お願い……です、も、もう、来て……」

消え入りそうな声で答える。

「うん？　どうするって？」

レオナールがわざとすっとぼけるのも、こ憎らしい。

「い、意地悪……」

潤んだ瞳で睨むと、レオナールがにっこりする。

「ふふ、私たちは宿敵だからね。さあ、ちゃんとどうして欲しいか言ってごらん」

ぬくりと彼の長く節くれだった指が隘路の中に突き入れられ、本能的に媚肉がそれを締め付けた。

「ほら、もう中がどろどろに蕩けてきゅうきゅう指を締め付けている」

言いながら、その指が抜き取られてしまう。

「ああ……ん」

思わず腰がもじもじ揺れた。焦らされすぎて、おかしくなりそうだ。もう我慢できない。

「だ、旦那様……ほ、欲しいの……」

せつない声を振り絞る。

「旦那様の、太くて硬いものを、挿入れて欲しいの……」

一度恥ずかしいせりふを口にしてしまうと、理性の箍(たが)が外れてしまった。

ジュリエンヌは誘うように腰を突き出し、悩ましい視線でレオナールを見つめる。

「お願い、私のここに、挿入れてください、早く、お願い、いっぱいにして、ずんずんって、搔き回して……っ」

自分でも信じられないくらいはしたない言葉が、次から次に口から飛び出す。

「ふふ、なんて可愛いおねだりだろうね」

レオナールは満足げに笑い、ゆっくりと身を起こし、自分の寝間着の前を寛げる。

すでに腹に刺さりそうなほどそそり立っている彼の欲望を目にすると、ジュリエンヌの子宮の奥がきゅうっと強く締まった。その感覚だけで、軽く達してしまったほどだ。

「これが、欲しい？」

「欲しいの、欲しい、早くぅ」

レオナールは片手で滾る欲望を握り、ジュリエンヌの蜜口に先端をあてがう。

「はぁあ」

熱く猥りがましい感触に、触れられた箇所からどろどろに溶けてしまいそうな気がした。ぬるぬると擦りつけられて、淫らな期待に媚肉が甘く疼く。

「ジュリエンヌ、可愛い、可愛いよ」

低くつぶやくと同時に、レオナールはずん、と深く突き入れてきた。

「あああああーーーっ」

内臓まで突き破られるかと思うほどの衝撃に、ジュリエンヌは背中を弓なりに仰け反らせて甲高い嬌声を上げた。

一瞬で絶頂に飛び、全身を小刻みにおののかせた。

「あ、ぁ、ぁあ……」

目の前が真っ白になり、もう何も考えられない。

「もうイってしまった？」

レオナールは内部の感触を味わうように、腰の動きを止めたが、飢えたジュリエンヌの内壁が無意識にぎゅうぎゅうと奥へ引き込む動きをすると、ゆったりと腰を動かし始めた。

「あっ、あ、あぁ、あ、んぁあ」

太茎で奥を突き上げられるとより強く深い快楽が生まれ、ジュリエンヌは魂がどこかに飛んでしまうような感覚に、思わずレオナールの首にすがり付いた。

「すごく感じているね、奥が吸い付いて——すごく気持ちいいよ」

レオナールが息を乱し、次第に腰の動きを速めていく。

ごりごりと奥の感じやすい箇所を抉られると、喉が開くような愉悦に声が掠れる。

「あ、あ、奥、当たる、あぁ、そこ、あ、だめぇ、あ、やぁ、い、いいっ……」

「ここがいいんだろう？　感じるんだろう？　もっとか？　もっとだな」

レオナールはソファの背もたれと肘置きに両手をかけて身体を支えると、さらにがつがつと激しく抽挿を始めた。その激しい動きに、ぎしぎしとソファが軋む。

「やぁ、あっ、あ、壊れ……ぁ、あぁ、すごい、あぁ、すごいっ」

突かれるたびに、絶頂に飛ばされ、ジュリエンヌはもはや与えられる快楽を貪る雌に成り果てる。

しがみついているレオナールの首に、爪が食い込む。

「だめぇ、あ、ぁ、だめに、あぁ、い、ぁ、あぁ、いいっ、いいのぉ」

揺さぶられながら、ジュリエンヌは歓喜の涙を零す。悩ましく喘ぎ続けたせいで、口がだらしなく開いて唾液が溢れてくるが、それを気にする余裕もない。

するとを腰を振り立てながらレオナールが顔を寄せ、ぺろりと唾液を舐め取った。

「君の流す汗も涙も、何もかも、私のものだ」

耳元で低い声でささやかれ、ぞわっと全身が淫らにおののく。睦み合う時のレオナールは、信じられないくらい色っぽく扇情的になり、ますます魅了されてしまう。

頭はクラクラして意識が薄れそうなのに、結合部は灼けるよう熱く蕩けてレオナールの屹立を強く締めてはさらなる快感を得ようとしてしまう。

「ああいいね、とてもいい、君の中――」

レオナールは酩酊した表情で、奥へ突き入れたままジュリエンヌの細腰を抱え、裏返しにした。

「ひゃあうっ」

内壁をぐるりと大きく掻き回され、ジュリエンヌは悲鳴を上げる。ソファの肘掛けに両手をつかされ、お尻を突き出す格好にされた。

「あ、や……この格好……」

ジュリエンヌはうろたえる。四つん這いの体位は、レオナールの顔が見えない分思い切り乱れてしまうのだ。

「好きだろう？　奥を突かれるのが」

レオナールはジュリエンヌの白い尻肉に指を食い込ませるように抱え込み、ぐいっと腰を押し入れてきた。

「ああああーーっ」

より深い部分に熱い先端が届いて、快楽の源泉を直に穿たれているような凄まじい刺激だ。

「あ、ぁあ、奥、やあ、奥……がぁ」

これまで感じたことのない胎内からとろとろに蕩けてしまうような感覚に、ジュリエンヌは翻弄される。とりわけ、子宮口の少し手前あたりを抉られると、違和感のような熱が広がってどうしようもなく乱れてしまう。

「だめぇ、そこだめ、だめ、なのぉ……っ」

あまりに感じすぎて怖いくらいで、腰を抱えているレオナールの手を無意識に振り払おうとしたが、四肢にまったく力が入らない。

「ここがいいんだね？　ここ、いいんだろう？」

先端を押し付けたまま小刻みに腰を揺さぶられ、全身の毛穴が開くかと思うほど感じ入ってしまい、もう何も考えられなくなった。

「あ、あぁ、そこ、あぁ、そこ、すごく、いい……っ」

羞恥心は消え失せ、自分から快感を求めるみたいにお尻を後ろに突き出してしまう。

レオナールが押し入るタイミングに合わせて拙いながらも腰を突き出すと、さらに密着

度が深まり、気持ちよくてたまらない。

脱力し切っているのに、レオナールの肉槍を包む媚肉だけは別の生き物のように貪欲にうごめいて、締め付けては快感を深めてしまう。

「はぁ、あぁ、あ、も、だめ、に、あぁ、も、もうっ……っっっ」

最後の限界に達する。

頭の中が虚無になり、全身が硬直した。肘掛けをぎゅうっと握りしめ、強くイキんだ。絶頂感は長かった。息が詰まる。

「くっ――っ」

直後、レオナールが低く唸り、どくどくと白濁液を吐き出す。

「あ、あぁ、あ、は、ぁ……あ」

ふいに脱力し、ジュリエンヌはぐたりとソファに倒れ伏す。浅い呼吸を繰り返した。まだ胎内は貪欲に蠕動し、レオナールの欲望を断続的に締め付けてしまう。

「は――あ」

大きく息を吐いたレオナールは、ジュリエンヌの細い肩からなだらかな曲線を描く背中を優しく辿った。その感触にすら、甘く感じ入って蜜壺が名残惜しげにヒクつく。

「ん、んん……」

「とても、悦かった――ジュリエンヌ」

しみじみした声で言われ、ジュリエンヌは一緒に同じ快楽の高みに上った悦びに、涙が出そうなほど胸が熱くなる。

まだ繋がったまま、ジュリエンヌは霞（かす）んでいく意識の遠くでレオナールがつぶやいたような気がした。

「愛しているよ、ジュリエンヌ」

それは演技？　本気？

たずね返そうとして、力尽き、ジュリエンヌの思考は暗闇の中に吸い込まれてしまった。


日毎にレオナールへの思慕が深くなる。

はじめのうちは、演技でいい、仮面夫婦でいいと自分に言い聞かせていた。

でも、心の中の愛情がどんどん育って、それがはちきれそうになる。

片想いがせつない。

愛しているのに、辛いなんて。

ジュリエンヌは次第にその葛藤に苦しむようになっていた。

第四章　仮面を剝がして

ジュリエンヌがクレマン家に嫁いで半年が過ぎようとしていた。

クレマン公爵夫人は相変わらずジュリエンヌに対して厳格な態度を崩さないが、屋敷の者たちのジュリエンヌへの態度は、徐々に変わってきていた。それは、ジュリエンヌがクレマン家の家風を尊重し、それに馴染もうと努力しているせいかもしれない。

その上で、ジュリエンヌは少しずつ自分なりの生活スタイルも取り入れようとしていた。

若い使用人たちは、これまでクレマン公爵夫人に厳しく家訓を守ることを強いられていたので、ジュリエンヌの若々しく柔軟な態度に好感を持ち始めていた。

その上、表向きは当主のレオナールが愛妻家のふりをしてくれているので、自然と屋敷の者たちもジュリエンヌを敬うようになりつつあった。

「今月末、王城で秋の園遊会が開かれるのだが、陛下がぜひ私たち夫婦を招きたいとのことだ」

晩餐(ばんさん)の席で、レオナールが切り出した。

ジュリエンヌはパッと顔を綻(ほころ)ばせた。

「王城の園遊会ですか？　それは華やかで素晴らしいものだとうかがっております。すごく楽しそう。行ってみたいです！」

父公爵から、園遊会の楽しい話を常々聞かされていたジュリエンヌは、ずっと出席してみたいと思っていたのだ。はしゃぐジュリエンヌに、クレマン公爵夫人はぴしゃりと言う。

「王家の園遊会は、歴史が古く各地の高名な貴族や著名人が招かれます。クレマン家は歴代、賓客のお出迎えのお役目をいただいています。お遊び気分で行くものではありません」

「すみません……」

しゅんとしてしまったジュリエンヌに、レオナールが取りなすように声をかける。

「今回は、クレマン家とバローヌ家の婚姻がうまくいっているところを、国王陛下にお披露目するのが目的だ。そんなに堅苦しく考えなくていい」

「あ、はい」

たちまち機嫌が直った。クレマン公爵夫人にきついことを言われるたび、さりげなくレオナールが擁護してくれる。仲良し夫婦の演技だとしても、その気遣いはとても嬉しい。

「君はとても人当たりがよくて可愛(かわい)いから、ニコニコしていれば、お客はみんな幸せな気分になること請け合いだよ」

レオナールから追加援護が来た。

「まあ、旦那様ったら」

ジュリエンヌは頬を染めて恥じらう。

クレマン公爵夫人は不機嫌そうにナプキンを畳むと、席を立った。

「私、食後のお茶は自分の部屋でいただきます。この頃、この屋敷にお茶以外の飲み物が出回っているようで、その甘ったるい匂いがムカムカするの。お先に失礼するわ」

彼女は暗にココアのことを批判しているようだ。あれ以来、レオナールを始め屋敷の若い使用人たちは、皆ココアを愛飲するようになっていた。

レオナールは背中をピンと伸ばして食堂を出ていくクレマン公爵夫人を見送りながら、軽くため息をついた。だが、すぐに笑みを浮かべてジュリエンヌに顔を向ける。

「気にするな、ジュリエンヌ。それより、園遊会のための新しい秋のドレスを急ぎ仕立てるように。君は今度の園遊会で一番綺麗(きれい)で幸せそうにならなくてはいけないよ」

「わかりました。でも、旦那様も一番いい礼装をお召しになってください。世界一幸せな夫婦を披露しましょう」

彼の素敵な礼装姿を想像して、うっとりと答えたが、慌(あわ)てて付け足す。

「あの——国王陛下にお見せするためにもそう振る舞いましょう」

レオナールも表情を引きしめた。

「そ、その通りだ。国王陛下のご尽力を無駄にしてはいけないからな」

二人は急にぎこちなくなって、無言で残りのデザートをつついた。

ちらちらとレオナールをうかがうと、彼はひどく哀愁に満ちた表情になっていた。

最近レオナールは、ふとした折にあいうせつなげな顔を見せる。

もしかしたら、仲良し夫婦を演じる生活に疲れているのかもしれない。

レオナールに無理をさせているのだと思うと、ジュリエンヌはやるせない。


王室主催の秋の園遊会当日は、雲一つない晴天に恵まれた。

王城の正門前に停められた馬車から、次々と艶やかな装いをした招待客たちが降りてくる。

中庭の広いテラスにずらりとテーブルが置かれ、王室直属のシェフやパティシエたちが腕を振るったご馳走が大皿に数え切れないほど並べられた。古風なお仕着せに身を包んだ王室勤めの使用人たちが、料理を載せた銀のお盆を掲げて、招待客たちの注文する料理を配って回る。

王室の酒蔵から出してきた極上のワインが惜しげもなく振る舞われていた。

一流の楽団が美しい曲を奏で、空にはお祝いに放たれた純白の鳩たちが無数に飛び交う。

中庭の奥には大きな池があり、そこではボート遊びができる。池の傍にはテニスコートも設置され、道具も貸し出されて自由に使えるようになっていた。草地の広場は即席のダンス会場となっている。人工的に作られた丘には大理石でできた四阿があり、高名なオペラ歌手が美声を披露していた。奥庭のドーム型の温室は、この日だけ招待客に開放され、世界中の珍しい植物や花々が鑑賞できる。あちこちの木立の影には小さなテーブルと椅子が置かれ、休憩や談話ができるようになっていた。流石王室主催の贅を尽くした園遊会である。

「どうぞゆっくりと楽しんでいってくださいませね」

「ようこそいらっしゃいました」

会場の入り口で、レオナールとジュリエンヌは訪れる招待客たちに、手に提げた籠に入っている国王陛下のメッセージ入りの特製のカードを配りながら、にこやかに挨拶を繰り返した。

クレマン家は代々、秋の園遊会でこのような接待役を仰せつかっていた。

今年は、仇敵だったクレマン家とバローヌ家が婚姻を結びその新婚夫婦が接待役だということで、招待客たちは興味津々のようである。

ジュリエンヌは、秋らしい臙脂色のドレスに袖と襟元にふんだんにレースをあしらった華やかなドレス姿。一方のレオナールは落ち着いた濃紺の礼装服に、腰に巻いたサッシュに金色の房を垂らした粋なスタイルである。

二人は仲睦まじそうに寄り添い、絶えず笑顔で招待客たちに接した。

招待客の中には、クレマン家とバローヌ家ゆかりの人々も交じっていたが、王家主催の場であることと二人のおしどり夫婦ぶりを見せつけられたせいもあり、あからさまな敵意を露にすることは控えていた。

日が高くなり、ようやく招待客たちの接待も一段落した。

ジュリエンヌはホッと息を吐いた。

「ふう――旦那様、どうやらつつがなく終わりましたね」

「うん、君は初めてのお役目なのによくやってくれた」

「いいえ、旦那様がそれとなく補佐してくださっていたからですわ」

「ふふ、君のそういう慎ましいところが、ほんとうに可愛い」

二人は周囲の目を気にして、仲良し夫婦を続けた。

レオナールは傍の木陰のベンチを指差した。

「疲れたろう。今、何か飲み物と軽食を持ってきてあげるから、君はそこで座って休んでおいで」

「はい、そうします」

ジュリエンヌは椅子に腰を下ろし、人ごみの中を抜けていくレオナールの姿勢のいい後ろ姿を見送っていた。

と、そこへ緋色の派手なドレスを着た淑女がレオナールに近づいてきた。

レオナールの従妹のフランソワーズだ。

彼女は、何かと理由をつけてはクレマン家を訪れてくる。そしてクレマン公爵夫人とつるんでは、ちくちくとジュリエンヌに嫌味を言って帰る。ジュリエンヌは聞き流すようにしていたが、美人で気の強いフランソワーズのことは少し苦手であった。

フランソワーズはぴったりレオナールに身を寄せるようにして、何か笑いながら話しかけている。彼女は季節外れの袖なしのドレスで、剝き出しの二の腕をレオナールにやたら押し付けている。レオナールは従妹だし人目を気にして、穏やかな態度で話をしている。

「……」

見ているうちに、ジュリエンヌはだんだん気持ちがざわついてくる。

遠目に見ると、二人はとてもお似合いだ。背の高い美男美女の姿は、大勢の中でもひときわ目立っている。

レオナールはほんとうは、ああいう煌びやかな美人が好みなのかもしれない。いや、そもそも仇敵のバローヌ家の自分とは仲良し夫婦を演じているだけなのだ。彼が国王陛下への忠誠心と国の未来を憂えて、この結婚を承諾したということを改めて思い出す。気心の知れた従妹の方が、演技をすることなく気を許せるのではないだろうか。

ジュリエンヌはいつもレオナールが本心を押し隠して接していることを、強く感じていた。そして、彼の見せかけの優しさが、この頃とても寂しく辛い。

フランソワーズはレオナールの腕を引いて、ダンスに誘うそぶりをした。

レオナールがちらりとジュリエンヌをうかがうように目線を寄越した。

ジュリエンヌは妻としての余裕のあるところを見せるべきだと、にこやかに手を振って、どうぞと勧める。晴れの日の園遊会で、夫が従妹とダンスを踊るくらい、許容できるはずだ。

フランソワーズにぐいぐい引っ張られるようにして、レオナールは奥のダンス会場に姿を消した。

二人の姿が見えなくなると、ジュリエンヌの胸はギリッと痛んだ。

レオナールのあの笑顔が、他の女性に向けられると想像すると、ざわざわと心に暗い雲が湧いてきた。

こんな嫌な気持ちを持ったのは初めてだった。

フランソワーズに嫉妬している自分に気がつく。

ジュリエンヌは自分の中にそんな悪い感情が潜んでいるなんて、思いもしなかった。それほど深くレオナールのことを愛してしまったのだ。

いつか、レオナールが他の女性に心を奪われる日が来たらどうしよう。彼が心から愛する女性に出会ったら、宿敵の娘であるジュリエンヌには目もくれなくなるかもしれない。

そんなことを考えると、心が痛くてたまらない。

無事大事なお勤めも果たし、あとはレオナールと園遊会を楽しもうと思っていたのに、すっかり気落ちしてしまった。流れてくる優美なダンス曲の演奏にぼんやりと耳を傾けていると、ふいに隣に誰かが腰を下ろした。

「やあジュリエンヌ、元気だったかい？」

聞き覚えのある気さくな口調は、従兄(いとこ)のアドルフだった。彼はクラヴァットを少し崩して結び、今風の洒落者(しゃれもの)を気取っていた。

「まあ、アドルフ、お久しぶり！」

バローヌ家の親族に会うのは、結婚式以来だった。

クレマン家の嫁としてきちんとつとめられるようになるまでは、里帰りもしないと心に決めていたのだ。だから、久しぶりで顔馴染みの親族のアドルフに会えたことで、心が弾んだ。アドルフの馴れ馴れしさに彼を敬遠していたことも、里心がついたことで払拭(ふっしょく)されてしまった。

「バローヌ家のお父様や妹たちは元気かしら？」

「ああ、みんな元気だよ。でも、君がクレマン家で虐(いじ)められてるんじゃないかと、心配していたよ。かくいう僕も、君のことが気がかりでならなかった。ここで会えてよかった。

君、少し痩せたんじゃないのか？」

　いつもの軽いアドルフの態度に、ついジュリエンヌも気が緩んだ。

「そんなことはないわ。あなたこそ、そのキザな口ひげはなあに？」

　アドルフは最近生やしたらしい口ひげを指で捻りながら、にこりとする。

「ますます色男になったろう？」

「まあ、ふふっ」

　ジュリエンヌはアドルフとひとしきり実家の話に花を咲かせた。クレマン家ではバローヌ家のことを口にするのは憚られたので、思い切り実家の話ができるのが嬉しかった。

「ああこんなに笑ったの、久しぶりよ、アドルフ」

　ジュリエンヌが頬を染めて言うと、ふいにアドルフが生真面目な表情になった。

「君、クレマン家の当主と仲良さげに見せているけれど、ほんとうは不幸なんだろう。さっき、ぽつんと一人で暗い顔をして座っていたもの」

「やだ、そんなことは……」

「ジュリエンヌ、僕がいるじゃないか」

　やにわにアドルフが手を握ってきた。

「アドルフ？」

　ジュリエンヌは驚いて身を硬くした。アドルフは妙に熱のこもった眼差しで見てくる。

「僕はね、ずっと君のことが好きだったんだ」

「え？」

ジュリエンヌは思わず身を硬くした。

「わかっているくせに。君だって僕のことを憎からず思っていたんだろう？　君は恥ずかしがり屋だから、口に出せなかっただけなんだろう？　可哀想(かわいそう)に。仇(かたき)の家なんか出て、僕と再婚すればいいよ」

アドルフは独りよがりなセリフをまくしたて、ジュリエンヌの背中に手を回し、抱き寄せようとした。彼は何を言い出すのだろう。

「ちょっと……やめて、アドルフ」

ジュリエンヌはとっさに手を振り払おうとした。

「あらまあ、レオナール、あなたの奥様、他の男性と手を握り合っておられるわよ」

突然、甲高(かんだか)い若い女性の声がした。

ジュリエンヌはギクリとして、ぱっとアドルフから身を離した。

目の前に、いつの間にかレオナールとフランソワーズが立っていたのだ。

「なんてはしたないの！　こんな公の場でどうどうと不貞行為を働くなんて、さすが卑怯(ひきょう)なバローヌ家の人間だけあるわね」

フランソワーズが周囲に聞こえるような大声で言う。

レオナールは無言でこちらを見ている。その顔は蒼白であった。

ジュリエンヌはしどろもどろでレオナールに説明しようとした。

「旦那様、誤解です。私は従兄と世間話をしていただけで――」

「でもジュリエンヌ、君、クレマン家が辛くて仕方ないって、逃げ出したいって僕にぼやいていたじゃないか。だから僕と一緒になりたいって」

アドルフがしれっとした顔で口を挟んだ。ジュリエンヌはかあっと頭に血が上った。

「アドルフ、私、そんなこと、ひと言も――」

「まあっ、そんなことだろうと思っていたわ！　あなた、誉れあるクレマン家の名に泥を塗るつもりで嫁いできたのね！」

フランソワーズが激昂(げっこう)した声を出し、周囲の人々がなんの騒ぎだろうと集まり出した。

「ち、違います、誤解だわ、私は決してそんなつもりは……」

ジュリエンヌはうろたえながら必死にレオナールに訴える眼差しを送った。

しかし彼はぞっとするくらい無表情でこちらを見ている。その冷たい眼差しに、ジュリエンヌは肝が冷えるのを感じた。

アドルフが図に乗ったように猫なで声を出す。

「所詮、仇同士の家ではわかり合えないのだよ。ねえジュリエンヌ、バローヌ家に戻っておいでよ。僕と再婚して楽しく暮らそうじゃないか」

取り巻いた人々が、ひそひそ話をし始める。

「やはりクレマン家とバローヌ家では、うまくいかなかったのでしょうか」

「この結婚でやっと事態が収まったと思ったが、怨恨の根は深いようだ」

「せっかくの陛下のお気遣いが無駄になったのか」

思いもかけない非常事態に、ジュリエンヌは呆然としてしまう。

と、レオナールがこの上なく優しい声で言った。

「ジュリエンヌ、私の愛しい奥さん。私は君のことを少しも疑ったりしないよ」

ジュリエンヌは驚いて彼を見上げる。

レオナールはこれ以上はないと言うくらいに満面の笑みを浮かべていた。

フランソワーズが顔を真っ赤にして言い募る。

「だって、あなただって見たでしょう？　あの人、別の男と手を握り合って――」

「ダンスをする時にだって、伴侶以外の異性と手を握り合うではないか。フランソワーズ、そんなことくらいで、私はいちいち腹を立てたりしないよ。だって私は妻を心から信頼しているのだからね」

「ま――あ」

流石のフランソワーズも、少しも動じないレオナールの態度にたじたじだ。

レオナールはゆっくりとジュリエンヌに歩み寄ると、優雅に片手を差し伸べた。

「そろそろ国王陛下のお席へ行って、ご挨拶してこよう」

「は、はい」

ジュリエンヌはホッとし、強張(こわば)った笑顔を浮かべながらレオナールの手に自分の手を預けて立ち上がった。

レオナールは周囲の人々に丁重に一礼した。

「皆さん、お騒がせしたようですが、私たち夫婦は円満そのもの、何も問題ありません。どうぞ、引き続き園遊会をお楽しみください」

人々は納得したように、その場から散り始める。

「では行こうか」

レオナールはジュリエンヌの腰を引き寄せた。

「レオナール、私とのダンスはどうなるのよ！」

フランソワーズがきいきい声で叫んだ。

肩越しに振り返ったレオナールは慇懃(いんぎん)に答える。

「君の意見を受け入れ、当分は伴侶以外の異性の手を握ることは控えるよ」

「まあ！」

切り返されたフランソワーズは絶句する。

わなわな震(ふる)えているフランソワーズの横で、アドルフも自尊心が傷つけられたような渋い顔で、口ひげを捻っていた。

ジュリエンヌはレオナールに誘導されるまま歩き出した。

「ありがとう、旦那様」

ジュリエンヌは窮地を救ってくれたレオナールを甘い眼差しで見上げた。

だが、彼の横顔が強張り青ざめたままなのに気がつき、口を噤んでしまう。

「――」

レオナールは無言でジュリエンヌを王城の方へ導いていく。

「あの、旦那様、陛下は中庭の中央の天幕におられるはずでは？」

怪訝そうにジュリエンヌがたずねると、

「少し黙れ」

これまで聞いたこともないような冷たい声で言われ、恐怖に縮み上がった。

レオナールは庭に出る回廊から王城の中に入ると、すぐそこにあった螺旋階段下の暗い空間に、ジュリエンヌを引き摺り込んだ。彼は乱暴にジュリエンヌを壁際に押し付けた。

「あっ」

壁に背中を軽く打ち付け、ジュリエンヌは戸惑う。いつもと違う粗暴なレオナールの態度に、怖くて思わず、階段下から抜け出ようとした。

レオナールはドン、とジュリエンヌを囲うように両手を壁につき、逃げ道を塞ぐ。そして身を屈めて射るような目つきで顔を覗き込んできた。

「なんだ、あの男は⁉」

恫喝するような低い声だ。

「い、従兄のアドルフです。久しぶりに会ったから、話が弾んだだけで……」

「楽しそうにいちゃいちゃしてたじゃないか」

「いちゃいちゃなんて、してませんっ」

「声を上げて笑っていた。あんな嬉しそうな顔、私には見せたこともなかったくせに」

「なんですって――？」

「手を握られて、喜んでいた」

「振り払おうとしたのよ」

「あの男と再婚する約束をしたのか⁉」

「あんなこと、アドルフの思い込みと誤解です、そんな気持ち、私は少しも……」

「もしかして――結婚前から、あの男といい仲だったのか？」

「な――！」

あまりな言われように、ジュリエンヌもかっと頭に血が上る。

「あ、あなただって、あのグラマーな従姉の方とべたべたしていたではありませんか！」

言い返されると思わなかったのか、レオナールがますます気色ばんだ。

「べたべたなどしていない。ダンスに誘われていただけだ」

「そう言うあなたこそ、フランソワーズさんといい仲だったのではないですか？」

「なんだって⁉」

怖い顔で睨まれ、ジュリエンヌは震え上がった。だがもう、心の中の鬱積した気持ちを抑えておくことはできなかった。

「あなたは、国王陛下のご命令で、仕方なく仇敵の家の娘を娶って、仲良し夫婦を演じることにも疲れてしまったのではないですか⁉」

「何を言う⁉　君こそ、クレマン家の良妻を演じることにあきあきしてきたんだろう？」

ジュリエンヌは口惜しさに目に涙が浮かんできた。

「そんな風に私のことを見てらしたの⁉　やっぱり、バローヌ家の娘なんか、信じてもらえないんだわ！　あ、あんなに頑張って尽くしてきたのに……！」

堪え切れずに涙が溢れ、声が震えた。こんな気持ちでは、もうレオナールと暮らすことなどできそうにない。

「わ、私、実家に帰らせてもらいます……！」

レオナールが目を見開く。

「何を言うか⁉　そんなこと許さない！」

強い声で言われ、ジュリエンヌは両手で顔を覆い、啜り泣いた。

「だって、だって、あなたに憎まれ嫌われたままで、この先も一緒に生きていくことなんか、辛すぎてできません！」

「――！」

一瞬口を閉じたレオナールは、おもむろにジュリエンヌの両手首を握ってきた。びくりと身を竦ませると、そっと手を左右に開かせられる。

「私の目を見て、ジュリエンヌ」

その仕草と声色はとても優しくて、先ほどまで声を荒らげていた人とは思えなかった。

ジュリエンヌは涙で潤んだ瞳で、おずおずとレオナールを見上げた。

彼の表情は何かを堪えるようなせつなさに満ちていた。

「私は――君を愛している」

「……え？」

「仮面とか偽りなどではなく、心からほんとうに君のことが好きで好きで、仕方ないんだ」

ジュリエンヌは我が耳を疑う。

「うそ……」

「嘘ではない。君と初めて出会ったあの舞踏会の時から、私はずっとずっと君だけに恋してきたんだ」

「……」

「この結婚は、国王陛下の命令なんかではないんだ。陛下が両家の諍いを案じておられるのに乗じて、私が君との結婚を申し出たんだ」

「あなたが……？」

「そうだ。大輪の花が開くように美しくなっていく君を、他の男に攫われる前に、何がなんでも手に入れたかった」

レオナールは顔を紅潮させ、せつせつと言い募る。

「だけど――それは私のわがままだった。君の気持ちを、少しも考えなかった」

「……」

「仇の家に、単身で嫁いでくる君はどんなに心細かったろう。嫌いな相手と仲良さげな夫婦のふりをすることも、とても辛かったに違いない」

「……」

「ほんとうに、すまない。辛い想いをさせるとわかっていても、それでも君が欲しかったんだ」

「……」

レオナールは長いまつ毛を伏せ、苦渋に満ちた声を絞り出す。

「離婚しよう――」

「えっ!?」

「君は、君が心から愛する人と結婚するべきだ。私は、君が幸せになってくれたら、もうそれだけでいいんだ。真実の愛は、自分の幸せよりその人の幸せを思い遣ることだと、やっとそのことに気がついたんだ」

「……」

ジュリエンヌは瞬きもせずにまっすぐにレオナールを見つめた。

そこには、今まで見たこともない真摯な表情があった。

初めて、レオナールが剝き出しの感情を見せてくれた。

心臓がドキドキと早鐘を打ち、ジュリエンヌの胸の中にこれまで感じたことのない深い情愛が湧いてくる。

ジュリエンヌは深く息を吸い、ひと言ひと言真心を込めて告げた。

「旦那様、私が心から愛している人は——あなたなのです」

「えっ——?」

レオナールが呆然として息を吞む。その鳩が豆鉄砲を食らったような表情がとても愛おしくて、ジュリエンヌは思わず口元に笑みが浮かんだ。

「ほんとうよ。私も初めてあなたと会った時から、ずっと恋していました。でも、あなたは仇の家の当主。この恋が叶うことなんかあり得ないと思っていた。だから、この結婚話が持ち上がった時は、天にも昇る心地でした」

「ジュリエンヌ――」

レオナールの唇が震える。

「でも、あなたは国王陛下への忠誠心から、この結婚を受け入れたのだと思い込んでいました。一生片想いでもかまわない、愛する人の傍にいられるなら、そう決意して嫁いできたの」

「――ジュリエンヌ」

「なのに、一緒に暮らしていると、ますますあなたのことが好きになって、自分の中であなたを独占したいわがままな気持ちがどんどん大きくなってしまい、苦しくなってしまったの。他の女性に嫉妬したりあなたを疑ったり――そんな心の狭い自分が許せないです」

胸の中にわだかまっていたものを、一気に吐き出し、ジュリエンヌはほうっと大きくため息をついた。

レオナールの右手がそろそろと頬に触れてきた。

「今の言葉、信じていいのか？」

ジュリエンヌは頬に触れている手に、そっと自分の手を重ねた。

「旦那様、あなただけを愛しています」

「――ジュリエンヌ」

レオナールの左手が、ジュリエンヌのもう片方の頬を包み込んだ。

「私も、君だけを愛している」

吐息とともに甘くささやかれ、唇が塞がれる。

「ん……」

今までで一番嬉しくて優しい口づけだった。

ジュリエンヌは目を閉じる。

心臓が痛いくらいにばくばくして、あまりの喜びにもうここで死んでもいいとすら思った。

「愛している、愛している」

繰り返しささやきながら、レオナールは触れるだけの口づけを何度も仕掛けてくる。

互いの気持ちと温もりを確かめ合うように。

なんて幸せなんだろう。

報われない片想いだと思っていたのに、ほんとうはこんなにも愛されていたなんて。

長い口づけの後、レオナールはジュリエンヌの顔を両手で包み込んだまま、こつんとおでこをくっつけてきた。

「こんなに幸せでいいのだろうか」

彼が自分の感じていたこととまったく同じ気持ちを吐露した。

全身が熱く甘く痺れる。

「幸せでいいんです」

ジュリエンヌがささやく。

「もっと幸せになりましょう」

「ああ」

しみじみと答えたレオナールが、ふっと顔を離し、少し不安げに言う。

「君、もう実家に帰るとか言わないね？」

ジュリエンヌはこんな自信がなさそうなレオナールを初めて見た。初恋を告白した少年みたいに頼りなくて、なんだかとても可愛らしい。

ジュリエンヌはクスッと笑う。

「もちろんです。私のいる場所は、旦那様のいるところ。どこにも行かないわ」

「ああ、ジュリエンヌ」

感極まったのか、やにわにレオナールがぎゅっと強く抱きしめてきた。

「もう離さない、離すもんか」

「旦那様」

ジュリエンヌも彼の広い背中に両手を回し、強く抱き返した。

長いことじっと互いの温もりと鼓動を感じていたが、ようやくレオナールが身体を離した。

「いかん。そろそろ園遊会へ戻ろう。まだ国王陛下にご挨拶していなかった」

「そ、そうね、そうだわ」

レオナールはしゃんと背中を伸ばすと、優雅に自分の右腕を曲げた。

「では奥様、お手をどうぞ」

「うふふ、はい」

ジュリエンヌはするりと彼の開いた右脇に自分の左手を添えた。

二人は顔を見合わせ、にこやかに中庭に向かって歩き出そうとした。

その時だ。

戸口のあたりで声高に話す人々の声が聞こえてきた。

「やはり、あんな仇の娘など我がクレマン家に入れるのではなかった」

「そうですよ。由緒ある我がクレマン家の血筋が汚れてしまうわ」

「バローヌ家との結婚を受け入れるなど、レオナールもどうかしている」

「そうよそうよ」

ぎくりとして、二人は足を止めた。

クレマン家の親族たちが集まって、ひそひそ話をしていたのだ。フランソワーズもその中にいて、しきりに皆の話にうなずいている。

「……」

いくらレオナールと気持ちが通じても、クレマン家の他の人々は認めてはくれないのだ。

ジュリエンヌは唇を噛んで顔を伏せてしまう。

レオナールも硬い表情になる。

「ジュリエンヌ、こちらから出よう」

レオナールは声を潜めて、ジュリエンヌを別の出口へ誘導した。

「気にするな、旧弊な年寄りたちのたわごとだ」

レオナールが励ますように言ってくれる。

「はい……平気です、私は」

レオナールが傍にいるのなら、どんな試練も耐えられると思った。

中庭に面した回廊に出ると、そこではバローヌ家の親族が寄り集まっていた。その輪の中心にアドルフがいた。

「可哀想なジュリエンヌ。ほんとうは僕に気があるのに、クレマン家のキザ野郎に嫁いで、毎日泣いているんだよ」

彼は得意満面で口ひげを捻った。

「彼女を救うのは、従兄の僕しかいない、何せ僕たちは愛し合っているんだ」

べらべらといい加減なことを並べ立てるアドルフの態度に、ジュリエンヌはかっと頭に血が上る。

「あんな嘘ばかりを……！」

思わず一歩前に出ようとすると、レオナールがそっと手を引いた。

「君はここにいろ」

彼はそのまま、まっすぐにアドルフに向かって歩いていった。

「君」

レオナールはむんずとアドルフの肩を摑んだ。

背中を向けていたアドルフは、ぎょっとして振り返る。

レオナールは今にも殴りかからんばかりの形相（ぎょうそう）だ。だが、彼は堅苦しくも礼儀正しく言った。

「君は私の妻に、ずいぶんと失礼な言動を繰り返しているようだ。夫の私の面目は丸つぶれになった。よって――」

レオナールは上着の内ポケットから手袋を取り出し、アドルフに叩きつけた。そして冷ややかな声で告げる。

「決闘を申し込む――だが、ここでは陛下のご迷惑になる。明日、夜明けに大広場で決闘をしよう。いかがかな？」

「ひ――？」

アドルフは目玉が飛び出さんばかりに驚いている。周囲の人々も声を失う。

レオナールは冷静に続ける。

「どうしたね？　手袋を受け取らぬのか？」

レオナールが政務だけではなく武術に秀でていることは、世間にも知られていることであった。

アドルフは真っ青になって、がたがた震えだす。

「そ、そ、そんな――ぼ、僕は――その――」

レオナールは冷徹な眼差しでアドルフを睨んでいる。アドルフは掠（かす）れた声を振り絞った。

「も、申し訳、ありませんでした。貴殿の奥方に、失礼なことをいたしましたっ」

ぺこぺこと頭を下げて謝罪するアドルフに、レオナールは静かな声で言った。

「二度と、私の妻に近づかないでいただきたい」

「む、むろんです。誓います、もう二度といたしませんっ」

アドルフはじりじりと後ずさりした。ある程度離れた途端、アドルフは憎々しげな顔つきになり、「いい気になるなよ。今に吠え面をかかせてやる！」と毒づいた。そしてやにわにくるりと踵（きびす）を返し、その場から飛ぶように逃げていった。集まっていたバローヌ家の親族たちも、蜘蛛（くも）の子を散らすようにいなくなった。

息を呑んで見守っていたジュリエンヌは、ハッと我に返りレオナールに歩み寄る。

「だ、旦那様……！」

レオナールは無言で地面に落ちていた手袋を拾い上げた。

ぱんぱんと手袋についた土くれをはたきながら、レオナールが振り返る。その顔は意外にも、晴れ晴れとしていた。

「これで、あの男も二度と君に近づかないだろう」

「で、でも、け、決闘なんて……」

「単なる脅しだよ。剣の腕前なら誰にも負けぬ。私と決闘しようなんてやからは、この国にはいないさ」

レオナールがにこりとする。

ジュリエンヌは、ほーっと息を吐いた。

「ああ、驚きました」

レオナールはジュリエンヌの頬に優しく触れた。

「これからも、ずっと君を守るからね」

指先の温かさに、心がほっこりする。

「はい」

彼の手に自分の手を重ねた。

世界中がキラキラ光っている。こんなにも世界は美しかっただろうか。

この日を一生忘れまい、とジュリエンヌは強く思うのだった。

どんなに周りが謗っても、二人の愛は揺るがないだろう。

ジュリエンヌの白桃のように滑らかな頬に触れながら、レオナールは新たな決意をしていた。

相思相愛とわかって、天にも昇る心地だった。

二人が愛し合ってさえいれば、何も怖くないと思っていた。

だが、先ほどの両家の親族の態度を見ると、ジュリエンヌを守るためには、なんとしても両家のわだかまりを完全に解く必要がある。

そうしなければ、いつまで経ってもジュリエンヌはクレマン家で辛い立場から逃れられない。

完全なる両家の和解。

それを成し遂げるのだ。

レオナールは胸の中で強く誓った。

第五章　愛の苗木を育てよう

「奥様、最近ますますお綺麗になりましたね」

午後のお茶用のドレスへの着替えを手伝っていたミュゼが、ニコニコしながら声をかけてきた。

「そうかしら？」

ジュリエンヌは首を傾ける。

「そうですよ！　元々お綺麗でしたけれど、最近はいつも光り輝いているみたいな笑顔を浮かべられて、ほんとうにお美しいです。きっと、ご当主様に大事にされているからですね。やっぱり女性は愛されて、綺麗になるんです」

ミュゼが頬を染めて言葉に力を込める。ジュリエンヌは優しく微笑んだ。

「それを言うなら、ミュゼ、あなたもとても綺麗になったわ。ジークとうまくいっているのね」

「え？　やだ、奥様、私のことはどーでもいいんですよぉ」

ミュゼは耳朶まで真っ赤に染めて恥じらった。

「ふふ」

ジュリエンヌはミュゼの初々しい反応に笑みを深くする。

綺麗になったかどうかはわからないけれど、レオナールと心通わせたあの日以来、毎日がとても充実している。彼に愛されているという実感に、心からの笑顔を浮かべることができる。

はたから見れば、二人の仲が変化したようには見えないかもしれない。

元々、仲の良い夫婦のふりをしていたのだから。

でも今は、ふりではなくほんとうに愛し合う夫婦になれたのだ。

心を解放したレオナールは、愛情を全開にしてジュリエンヌを愛してくれる。多忙な身なのに、できるだけ定時に帰宅してジュリエンヌを慈しんでくれる。屋敷にいる間は、昼夜関係なく睦み合おうと求めてくる。彼に身体の隅々まで愛される悦びには抗えないが、休日に二人で寝室にこもりきりで愛し合ったりするので、恥ずかしがり屋のジュリエンヌは屋敷の人々の目が気になって仕方ない。

もう少し控えようとレオナールに切り出しても。

「蜜月の夫婦が睦み合うのは当然だろう。それに、一刻も早く愛する君の子どもが欲しい」

などと濡れた瞳で見つめられると、身も心もとろとろに蕩けてしまい、もはや抵抗できないのである。

支度を終えて、食堂へ赴くと、すでにクレマン公爵夫人は自分の席に着いていた。彼女はちらりと手元の懐中時計を眺め、厳しい声で言う。

「十五分も遅刻ですよ。時間のけじめだけはつけてちょうだい。昨日も一昨日も遅刻して、私が厳重に注意をしたはずです」

「え——」

お茶の時間の五分前には食堂に来ていたはずなのに、とジュリエンヌは思うが、それは口に出さないで、

「も、申し訳ありません、気をつけます」

と、素直に謝った。だが、ジュリエンヌに付き添っていたミュゼが、つい言い返してしまった。

「失礼ながら、大奥様。奥様はきちんと時間に間に合うようにおいでです。化粧室をお出になった時には、まだ十分前でした」

クレマン公爵夫人が顔色を変える。

「ミュゼ、おやめなさい」

ジュリエンヌは慌てて諫めた。だが、ジュリエンヌ信奉者のミュゼはさらに付け加えた。

「昨日は、大奥様は十分遅刻とお怒りでした。その前の日は、五分遅刻と――だんだん時間が増えています。おかしいと思います」

「ミュゼ、控えなさい！」

ジュリエンヌは少し声を強くした。

クレマン公爵夫人が眉間に青筋を立てた。

「私が、わざと意地悪をしている、と言いたいのですか？」

ジュリエンヌは首を横に振る。

「いいえ、いいえ！　決してそんなことはありません！　夫人がそのようなことをなさる方ではないと、わかっております」

クレマン公爵夫人はきつい目でジュリエンヌを睨む。

「どうせ、嫁いびりのいやらしい姑だとでも思っているのでしょうよ！　いいわ、もう私はお茶の時間に参加しませんから！」

そう吐き捨てるように言うと、クレマン公爵夫人は自分の侍女に合図して、椅子を引かせた。立ち上がったクレマン公爵夫人の目には、悔し涙が浮かんでいる。ジュリエンヌはドキンと胸を打たれた。

クレマン公爵夫人は、侍女に手を取られて食堂を出ていってしまった。

ジュリエンヌは大きくため息をついた。

「ううっ、申し訳ありません、奥様！　私、奥様が理不尽な仕打ちを受けることが、我慢できなくて――」

背後に控えていたミュゼが、泣きながら謝罪した。ジュリエンヌは振り返ってミュゼに優しく言う。

「反省しているなら、もういいの」

それから、ふとテーブルの向かいの席のクレマン公爵夫人のテーブルのあたりを見て、ハッとする。女性用の懐中時計が置き去りになってる。クレマン公爵夫人のものだ。

「ミュゼ、そこの夫人のお忘れになった懐中時計を持ってきて。届けてあげないと」

「は、はい」

ミュゼが急いでテーブルの上の懐中時計を持ってくると、ジュリエンヌに手渡した。金属の蓋のついたずいぶんと古い懐中時計だ。あちこちメッキが剝げ、ガラスの覆いも傷だらけだ。

「きっと夫人の大切なものね。そうだわ、今日、うちに宝石商が来る予定だったから、この時計を磨いてもらいましょう」

その夕刻、ジュリエンヌはクレマン公爵夫人の部屋を訪れた。

当人は頭が痛いからと会うのを渋ったが、忘れ物を届けに来たと告げると、しぶしぶ承諾してくれた。

ジュリエンヌはミュゼを連れて、クレマン公爵夫人の部屋に入った。

クレマン公爵夫人はソファにもたれて、不機嫌そうに顔を扇で煽いでいる。

「何かご用ですか？　私、休んでいるんですから」

ジュリエンヌは心を込めて一礼し、切り出した。

「夫人、食堂での忘れ物をお届けに参りました」

「忘れ物？」

ジュリエンヌは背後のミュゼに目配せする。ミュゼは天鵞絨の布の上に乗せたクレマン公爵夫人の懐中時計を、恭しく差し出した。

「まあ！　どこに忘れたかと探していたのよ」

クレマン公爵夫人は懐中時計を受け取り、大事そうに両手で包んだ。

「これは、亡き母の形見なのよ。肌身離さず持っているの」

「夫人、私はお詫びに参りました。夫人が私に意地悪など、決してなさらないとわかっておりますから」

ジュリエンヌは深く頭を下げる。

クレマン公爵夫人は怪訝そうな顔になった。

「どういうこと？」

ジュリエンヌは控えめに答えた。

「その懐中時計、ゼンマイが少し傷んでおりました」

「えっ？」

「今日、出入りの宝石商に、僭越ですが夫人の懐中時計をお手入れしてもらったんです。そうしたら、ゼンマイの調子が悪くなっていて、だんだん針の動きが速くなってしまうのだということでした」

「え？」

ジュリエンヌは穏やかに微笑む。

「それで、時間がどんどん進んでしまっていたのです」

「まあ――」

クレマン公爵夫人が絶句した。

「でも、修理してもらいました。時計は正しく動きます。もうだいじょうぶです」

「そう――だったの」

クレマン公爵夫人は決まり悪そうにうつむく。

ジュリエンヌは再び頭を下げた。

「ですから、どうか明日もお茶のお時間にいらしてください。新しいセイロン茶葉が入ってきましたから、ぜひご賞味なさっていただきたく」

クレマン公爵夫人の声色が、気のせいか柔らかくなったようだ。

「あなた、私がセイロンのお茶を飲みたがっていたこと、覚えていたの？」

「もちろんです、愛する旦那様の大事なお母様のご要望には、できるだけ応えたいですから」

ちょっとのろけてしまったが、それは本心であった。

「まあ、しゃあしゃあと。用が済んだら、もう出ていってちょうだい」

たちまちいつもの厳しいクレマン公爵夫人に戻った。

「はい。お休みのところ、失礼しました」

ジュリエンヌはそのまま部屋を出ていこうとした。

すると、背後からぼそっとクレマン公爵夫人がつぶやく。

「――時計のことは、感謝するわ」

初めてクレマン公爵夫人に優しい声をかけてもらい、ジュリエンヌは嬉しさに胸が熱くなるのを感じた。

クレマン公爵夫人は厳格なだけで、決して理不尽なことをする人ではないのだ。

きっといつか、ジュリエンヌの真心がわかってもらえる日が来るはずだ。

少しずつ、クレマン家の女主人らしくなれそうな気がした。


初秋の週末のことである。

その日は珍しく、レオナールに外出しようと誘われた。

ベッドで甘く睦み合うのも楽しいが、普段忙しい彼とはめったに出かけられないので、ジュリエンヌはいそいそと支度した。

クレマン家専用の馬車に乗り込むと、ジュリエンヌは向かいの席のレオナールに、わくわくしながらたずねる。

「どこに連れていってくださるんですか?」

「郊外だ。君とどうしても行ってみたいところがあるんだ」

「まあ、どこですか?」

「それは着いてのお楽しみだ。私たちに深い因縁のある場所だよ」

「因縁?」

そんな場所があったろうか。物問いたげにレオナールを見たが、彼は今年の秋の小麦の取れ高の話など始めて、話題を逸(そ)らされてしまった。

馬車は一時間ほど走り、首都から郊外へ出た。

窓の外から川のせせらぎが聞こえてくる。ふいに馬車が止まった。

「ご主人様、到着しました」

御者(ぎょしゃ)が声をかけた。

「よし、降りようか」

レオナールが先に馬車を出て、ジュリエンヌに手を貸して降ろしてくれた。

小高い丘の上の樫（かし）の林の中のようだ。初めて来る場所だ。

「ここは？」

「クレソール村という。ほら、下を見てごらん」

レオナールが指差す方には、大きな川が流れている。

丘のふもとに大きな古い樫の木が一本立っていた。

ジュリエンヌはハッとした。

「あ、あそこは――もしかしたら……？」

「そう、あの樫の木が、王家が定めたクレマン家とバローヌ家の領地境の目印だ。もっと近くに行こうか」

レオナールはジュリエンヌの手をしっかりと握り、丘を下り始める。

「足元に注意してね」

丘を下り切って、大きな樫の木の下まで来ると、川の流れる音がごうごうと大きく聞こえてくる。思ったより大きな川だ。

レオナールは樫の木を見上げながら言う。

「元は、この木はもっとバローヌ家寄りの川近くに立っていたはずなのだ。それが、ある日突然丘のふもとに移動した。クレマン家はバローヌ家の者たちが領地欲しさに木を植え替えたのだと言い出し、これが両家の争いの発端になったんだ——百五十年前のことだ」

「はい、そう聞いています。言いがかりだとバローヌ家は反論し、逆にクレマン家の策略だろうと言い出し、さらに両家の溝は深まってしまったと」

「その通りだ」

レオナールはあたりを見回す。

「樫の木は半エーカー移動した。わずか半エーカーの土地で、両家は憎しみ合うようになってしまったのだ」

ジュリエンヌも同じように周囲を見渡した。

麦畑の広がる鄙(ひな)びた場所だ。

バローヌ家にいる頃は領地問題の話だけはしょっちゅう聞かされていたが、現場に来たことはなかった。

「ジュリエンヌ、私は両家の諍(いさか)いの元の原因を解明したいんだ」

「え?」

「もう大昔のことで、当時の人たちは誰も生きていない。証言してくれる人は誰もいない。だが私は、両家とも嘘をついていないと、信じたい。何か、原因があったんだ。私は必ず、事件の謎を解き明かすつもりだ」

レオナールはジュリエンヌの腰を抱き寄せた。

「私と君のように、人間は必ずわかり合える、心を一つにすることができる。ねえジュリエンヌ、両家の諍いは私たちの代で、必ず終わりにしよう」

「旦那様……」

レオナールの真剣な言葉は、熱くジュリエンヌの心に響いた。

「ええ、私たちで終わりにしましょう」

レオナールが愛(いと)おしそうにジュリエンヌの髪に口づけした。

「愛している」

「愛しています」

そこへ、袋を担ぎ手に鍬(くわ)を持った御者が丘を下りてきた。

「ご主人様、ご用意できました」

レオナールはそっとジュリエンヌから身を離すと、川岸の一角を指差した。

「よし、そこがいいな。そこに植えてくれ」

「かしこまりました」

御者は背中の袋を下ろし、中から根のついた若木の株を取り出した。

鍬で土を掘り、御者はそこに若木を植えた。

レオナールは御者から鍬を受け取り、若木の前に立つ。

「ここに、新しい樫の苗木を植えよう。そして、この木が一人前の樫の木に育つまでには、両家のわだかまりを必ずなくしてみせる」

彼がきっぱりと言った。

決意に満ちた若々しい表情に、ジュリエンヌは魅了される。

「ジュリエンヌ、こちらにおいで」

「はい」

ジュリエンヌが近づくと、レオナールは鍬の柄にジュリエンヌの手を添えさせ、その上から自分の手を乗せた。

「二人で土をかけよう」

「はい」

二人は一緒に苗木の根元に土を盛った。

とても神聖なことをしているようで、ジュリエンヌの心は熱く震えた。

「いつか、必ず」

「必ず」

それは、結婚式の誓約のように強く胸に響いた。

「旦那様、私、毎日この苗木のお世話にここに参ります。私たちの愛のように、この木がすくすく育つように」

ジュリエンヌが頬を染めて言うと、レオナールは愛おしげに肩を引き寄せた。

「君に任せよう。でも、無理はしないように」

「はい」

その時だ。

「あらまあ、お二人ともお散歩かしら？」

丘の上から甲高い女性の声が聞こえた。

二人が見上げると、日傘を侍女にさしかけさせたフランソワーズの姿があった。

「フランソワーズ？　君、どうしてこんなところへ？」

レオナールが声をかけると、フランソワーズはニコリとする。

「ちょっと遠出をしたくなっただけよ、偶然ねえ、ここでレオナールに会えるなんて、運命的なものを感じるわぁ」

フランソワーズは、レオナールに寄り添っているジュリエンヌには目もくれない。

「それじゃ、お先に失礼」

フランソワーズはそのまま侍女とともに林の中に姿を消してしまった。

「フランソワーズ様は活動的な方なのですね」

ジュリエンヌが無邪気に言うと、レオナールはかすかに眉を顰める。

「いや、そういうタイプではないのだが――近頃、私にやたらとつきまとっているような気がする。どういうつもりなのだろう」

だが彼はすぐに表情を明るくした。

「そうだな。ついでだから、一緒に少しここらを散歩しようか」

「ええ。実は領地境いには初めて来ました」

レオナールは御者に先に馬車へ戻るように指示を出し、ジュリエンヌの腕を取った。

二人はゆっくりと歩き出した。

道すがら、近隣の村人たちがわらわらと出迎えに現れた。彼らは揃って、領主であるレオナールに恭しく挨拶（あいさつ）する。

「これはクレマン家のご当主様。そして若奥様。よくおいでくださいました」

「ごきげんよう、ご当主様、若奥様」

「皆、わざわざ出迎えなくてもよいのだぞ。でもそうだ、紹介していなかったな。私の妻のジュリエンヌだ。これから夫婦共々、よろしく頼む。ジュリエンヌ、クレソール村の人たちに、挨拶しなさい」

ジュリエンヌは頬を染め優美な仕草で挨拶をした。

「ジュリエンヌ・クレマンです。ふつつかな妻ですが、皆さんよろしくお願いします」

村人たちは、ジュリエンヌの初々しい新妻ぶりにほおっと感嘆の声を上げる。

「これはお美しい奥様だ」

「ご当主様、ご結婚おめでとうございます」

「おめでとうございます」

レオナールはにこやかに挨拶を返す。

「ありがとう。今年の小麦の成長はどうかな？」

「へえ、今年も去年通りのお天気ならば、安定した収穫が見込めます。これも、ひとえにご当主様のおかげでございます」

「そんなことはない。皆の働きのおかげだ」

一人の高齢の老婆がしわくちゃの顔で笑う。

「いえいえ。ご当主様の代になってから、毎年天候に恵まれております。かつては、記録的な大嵐が来て洪水が起こり、小麦畑が全滅してしまったこともあったそうですよ。やはり、ご当主様のご人徳であられますよ」

「そうか。そんなこともあったのだな。天気のことは神に感謝しよう」

レオナールが頻繁に領地の視察に出かけて、領民たちと交流をしていることは知っていたが、彼が領民たちに慕われている姿を目の当たりにして、我が事のように嬉しくなる。

そして、自分ももっと女主人としての自覚を持たねば、と気持ちを引きしめるのだった。

村人たちとひとしきり交流してから、二人は丘の周りをそぞろ歩いた。

ジュリエンヌはレオナールの手をぎゅっと握ってしみじみと言う。

「今日、この領地境に連れてきてくださって、ほんとうにありがとうございます」

「若い女性が楽しめる場所ではなかったかもしれないがな」

「いいえ、そんなことはありません。私、これまで両家の諍いの発端についてなど、学ぼうともしませんでした。ただ、バローヌ家の親族に言い聞かされた言葉を鵜呑みにしていただけ――とても浅はかだったと思います」

レオナールは歩みを止め、愛おしそうにジュリエンヌの顔を見る。

「君のそういうしなやかな心のありようが、私はとても愛おしい」

「レオナール様……」

二人は気持ちを込めて見つめ合った。

レオナールはやにわにジュリエンヌを抱きしめ、耳元でささやく。

「愛しているよ」

甘い吐息が首筋をくすぐり、ジュリエンヌはぴくりと身を竦める。

その反応を、レオナールは見逃さない。彼の濡れた唇が耳の後ろに押し付けられた。

「可愛い」

ねろりと耳朶を舐められ、ジュリエンヌの背中がぞくりとおののく。レオナールは抱きしめたジュリエンヌの背中を、傍の古い大木の幹に押し付けた。そして、片足をスカートの中央に挟み込んで、ぐっと押し上げる。淫らな刺激が下腹部に走る。

「あ……旦那様、ダメ……」

ジュリエンヌは慌てて彼を押し返そうとした。

だがレオナールはちゅっちゅっとジュリエンヌの首筋に口づけを落としながら、さらに足を深く挟み込んでくる。

「なぜ？　今日はまだ君を可愛がってあげていないし」

ざわっと媚肉がうねり始めるが、こんな昼間の屋外で迫られてはあまりに恥ずかしい。

「だめですって、こんなところで……不謹慎です」

「誰もいない。それに私たちの領地ではないか」

レオナールの片手が胸元をまさぐり、乳首を探り当てて布越しに指先で爪弾く。

「あ、ん、だめぇ」

思わず悩ましい声が出てしまう。

「ふふ、口ではそう言いながら、感じているんだね？」

レオナールは含み笑いしながら、ツンと尖ってきた乳首をさらに抉る。じんと甘い痺れが下肢に走り、全身が淫らに興奮してくる。

レオナールがもう片方の手でスカートを捲り上げ、露になった太腿を愛撫する。ざわっと恥ずかしい箇所が反応してしまう。

「あ、あ、だめぇ、ああ……」

ジュリエンヌは身を捩って愛撫する手から逃れようとしたが、逞しいレオナールの身体と大木に挟み込まれて、身動きできない。ジュリエンヌが抵抗すればするほど、レオナールの気持ちは昂ぶっていくようだ。

するりと下穿きの内側にレオナールの指が潜り込んだ。

「あっ、だめっ」

腰を引こうとしたが、ぬるっと花弁を撫でられると甘い刺激に動きが止まってしまう。

「おや？　もうぬるぬるだな？　不謹慎なのが好きかな？」

レオナールが嬉しげにつぶやき、蜜口の浅瀬をくちゅりと掻き回した。もうそこが恥ずかしいくらいとろとろに蕩けているのが自分でもわかる。

「ぁ、ん、あ、あぁ……」

「そんな色っぽい声を出したら、村人に気づかれてしまうぞ」

指を淫らにうごめかしながら、レオナールがやにわに唇を塞いでくる。やすやすと彼の舌が唇を割り開き、ジュリエンヌの口腔を舐め回し蹂躙する。

「んんぅ、んんっ……」

歯列を辿り舌を搦め捕られ、雄々しく吸い上げられると、全身に猥りがましい痺れが駆け抜けて抵抗する気持ちが薄れていく。

「……は、ふぁ、ぁ、は……」

いつしか、レオナールの舌に応じて自ら舌を差し出していた。

じゅるっと唾液を啜り上げられ、代わりに彼の唾液を注ぎ込まれ、喉奥がひくりと震えながらもそれを飲み干してしまう。

貪るような口づけの間にも、レオナールの指は綻び始めたジュリエンヌの陰唇をねっとりと撫で回し、とろとろと新たな蜜が溢れてはしたなく股間を濡らした。

「はぁ、は、はぁあ……」

息を塞ぐような激し口づけと、悩ましい淫部への指戯に、ジュリエンヌは意識が朦朧として肢体をわななかせ、やがてぐったりと背中を木の幹に預けてしまう。

「ふふ、白い肌が色づいて、とてもそそる」

レオナールは唇を離すと少し息を喘がせ、ジュリエンヌのドレスの胸元に手をかけ力任せに引き下ろした。

「きゃっ」

まろやかな乳房がぷるんと弾みながら露呈した。外気に触れた乳首が、きゅうっと凝る。

「ほら、小さな蕾もすっかり赤く染まっている」

熱いため息を漏らしたレオナールは、両手で乳房を掬い上げるようにして、硬くなった乳首を口に含んだ。ちゅうっと強く吸い上げられた途端、鋭い喜悦が全身に走り、ジュリエンヌは甲高い嬌声を漏らしてしまう。

「んぁ、ぁああっ」

「乳首だけでイってしまった？」

レオナールは濡れた眼差しでジュリエンヌの表情をうかがい、赤い頂へ歯を立てた。

鋭い痛みの後にじんじん痺れる刺激が襲ってくる。

「あ、いっ、あぁぁぁっ」

再び軽く達してしまった。

「いい声で啼く、いい顔だ、いい反応だ」

レオナールは陶然とした表情を浮かべ、ジュリエンヌの乳首を執拗に責め立てた。濡れた舌先で鋭敏な尖りをくすぐったかと思うと、きゅっと甘噛みし、直後に悩ましく吸い上げる。

「は、はぁ、あ、や、あぁ、だめぇ、そんなにしちゃぁ……」

ジュリエンヌは官能の悦びに支配され、身を捩って甘く喘いだ。

乳首の刺激だけで、何度も高みに押し上げられた。

息も絶え絶えになって、立っているのもやっとだった。

触れられてもいない膣襞がきゅんきゅん収斂し、ツーンと痺れる快感を生み出す。

ぐったりしたじジュリエンヌの腰を抱え、レオナールが身を起こす。

「ああ可愛い、可愛い、可愛い私の奥さん」

レオナールが耳元で甘くささやき、耳朶に口づけしながら素早く自分のトラウザーズの前立てを緩めた。

彼はジュリエンヌのほっそりした片足を抱え上げ、股間を広げるとそこに自分の腰を押し付けてくる。

猛々しく昂ぶったものが股間に押し付けられ、その淫らな感触にジュリエンヌの背中に甘い戦慄が走る。

濡れそぼった割れ目に、ぐぐっと熱い亀頭が押し入る。

「あっ、あ、あ」

硬く太い先端が媚肉を掻き分けて侵入してくる。

飢えた膣壁をめいっぱい満たされる悦びに、ジュリエンヌは白い喉を仰け反らせて喘ぐ。

「ああ君の中、熱い、もう焦らさないよ」

レオナールが低くつぶやき、一気に腰を押し進める。

ずん、と最奥まで深く穿たれ、瞬時に絶頂に達してしまう。

「あああぁ、あああぁっ」

「く――いつにも増して、すごい締まるな」

レオナールがくるおしく息を乱す。彼はゆっくりと抽挿を開始する。

「は、はぁ、あ、はぁあ……」

傘の開いた先端が熟れた媚肉を擦っていくのがたまらなく心地よい。

もはや、ここが真昼間の屋外であることなど忘れてしまう。いや、不謹慎なことをしているという背徳感は、さらに興奮を煽る。

「奥が吸い付く――これがいいのか？」

レオナールが下から上に突き上げるように腰を穿った。

「んんんっぁ、あ、あ、そこ、あ、い、いいの、いい……っ」

気持ちよすぎて、膣襞が激しく蠢動してレオナールの屹立を締め付けてしまう。

「は――これはたまらない、持っていかれそうだ、ジュリエンヌ」

レオナールは余裕のない声を漏らし、腰の動きを速めた。

「あ、あぁ、あ、そんなに、あ、だめぇ……っ」

太茎が子宮口の手前をずぐずぐと突き上げると、どうしようもなく官能の悦びに翻弄されて、思わずレオナールの首に両手を回してしがみつく。

そうすることでさらに密着度が深くなり、より快感が増す。

「可愛い、愛しいジュリエンヌ。もう誰にも渡さない。私だけのものだ」

レオナールはジュリエンヌの髪や顔中に口づけの雨を降らせ、激情のままに腰をがつがつと突き上げた。

ジュリエンヌもレオナールの激しさに煽られ、心からの気持ちを吐露する。

「あ、あぁ、あ、愛してる……私の旦那様、私だけの、レオナール……っ」

「ふ――ジュリエンヌっ」

　胎内でどくんとレオナールの欲望が大きく脈打つ。

「もう――終わりそうだ。いいか？　君の中で終わるよ」

「あ、あぁ、来て、一緒に……お願い、来てぇ」

　ジュリエンヌも絶頂の最後の高波に意識が攫われる寸前であった。

　レオナールはジュリエンヌの片足を抱え直し、一心不乱に腰を振り立てた。

「はぁ、あぁ、あぁ、だめぇ、あ、も、もう、あ、もう……っ」

　ジュリエンヌは感極まった悲鳴を上げ、レオナールの背中に爪を立てる。びくびくっとジュリエンヌの内壁が痙攣して、強くレオナールの肉茎を締め上げた。

「くっ、出る――っ」

　レオナールが低く唸ると同時に、ジュリエンヌの胎内でドクン、と彼の半身がおののいた。直後、びゅくびゅくと白濁の奔流が最奥へ注ぎ込まれる。

「は、ぁ、あぁ、あぁ……いっぱい……ぁあ……」

　熱いものが自分の中をめいっぱい満たしていく充足感に、ジュリエンヌはうっとりと目を閉じる。

　レオナールは思いの丈をすべて吐き出すように、何度か強く腰を打ち付けた。そのたびに、感じ入ったジュリエンヌの濡れ襞が無意識にきゅうんと強い蠕動を繰り返した。

すべてを出し尽くしたレオナールが、まだ深く繋がったままぎゅっとジュリエンヌを抱きしめてくる。

「……はぁ……ぁあ、はぁ……ぁ」

ジュリエンヌはしばらく絶頂の余波に呑まれ、せわしない呼吸を繰り返しながらレオナールにしがみついていた。劣情のままに激しく交わった後の、この世界に二人しかいないように感じられる静謐な瞬間が、とても愛おしい。

やがて、萎えたレオナールの欲望がゆっくり抜け出ていくと、快感の波もゆっくりと引いていく。

「——素敵だった、私のジュリエンヌ」

レオナールが掠れた声でささやき、啄むような口づけを繰り返す。

「ん……ふ……私も……とても気持ち、よかったです……」

少し恥じらいながらも心からの気持ちを伝える。

「ふふ——」

「うふふ……」

二人はおでこをくっつけ、鼻先を擦り合わせ、幼い子どものようにクスクスと無邪気に笑い合った。

領地境から戻ってからは、ジュリエンヌは毎日のようにお供を連れて、二人で植えた若木のもとに出かけては熱心に世話をした。雑草を抜き、害虫を駆除し、水や肥料を与えた。愛と未来への希望の証である若木は、ジュリエンヌの思いに応えるかのようにぐんぐんと成長していく。

ある日のことだ。

ジュリエンヌは午後のお茶のために着替えようとしたが、時間になっても係のミュゼが現れない。それまで、彼女が仕事をさぼるようなことはしたことがなかったので、心配になった。もしかしたら、自分の部屋で具合でも悪くなって寝ているのか。

ジュリエンヌは、屋敷の裏に建てられている使用人専用の宿舎に向かった。

宿舎に入ろうとすると、狭い玄関ホールで何やら侍女たちが騒いでいる。その喧騒の中から、クレマン公爵夫人の厳しい声が聞こえてきた。

「お前はなんてふしだらな娘だろう！　クレマン家の使用人にはふさわしくありません！」

「ううっ、お許しください、大奥様、お許しください――っ」

ミュゼがしくしく泣きながら謝っている。

ジュリエンヌはなにごとだろうと、急いで玄関ホールへ足を踏み入れた。

おおぜいの侍女たちがぐるりと床にへたり込んだミュゼを取り囲んでいる。ミュゼは、顔を真っ赤にして啜り泣いていた。ミュゼの前には、腰に手を当てたクレマン公爵夫人が厳格な顔で立っている。

「あの……夫人、ミュゼがどうかしましたか？」

ジュリエンヌは背後から控えめに声をかけた。

キッと振り返ったクレマン公爵夫人は、ミュゼを指差した。

「この娘は、屋敷の門前で、男とキスしていたのですよ！　それも、バローヌ家の使用人ですよ！　私付きの侍女が見咎めて、私に連絡してくれたのです！　我がクレマン家では、侍女の男女交際は禁止になっています。ふしだらなことを防ぐためです。それなのに、この娘は、あろうことか、宿敵バローヌ家の男とだなんて！」

ジュリエンヌは心臓がどきんと跳ね上がるのを感じた。

ミュゼが密かにバローヌ家の使用人ジークと愛し合っているのは、承知していた。クレマン家の規律で、侍女たちが男女交際を禁じられていることもわかってはいた。でもジュリエンヌには、愛し合う若い男女の仲を裂くようなことはできなかったのだ。

潔癖なクレマン公爵夫人は、烈火のごとく怒っている。彼女はミュゼに向き直ると、厳しく言い渡した。

「お前は、今日限り暇を出します。とっとと荷物をまとめてこの屋敷を出ていきなさい！」

ミュゼが涙と鼻水でぐしゃぐしゃの顔で、クレマン公爵夫人の足元に這いつくばった。

「大奥様、ごしょうです！　田舎には病気の母と幼い五人の弟妹がいるんです！　私がここで働いて仕送りしなければ、家族は暮らしていけません！　お願いです、クビにだけはしないでください！」

「ふしだらなお前の自業自得です」

クレマン公爵夫人は冷たく突き放した。

「待ってください！」

ジュリエンヌは思わず飛び出して、ミュゼをかばうようにクレマン公爵夫人の前に立ち塞がっていた。

「夫人、ミュゼの軽率な行動は、私の監督不行き届きです。私からも謝罪します。でも、でもどうかクビにするのは考え直してください！」

クレマン公爵夫人は片眉をぴくりと上げた。

「あなたは不健全男女交際を大目に見ろと言うのですか？　流石に、恥知らずなバローヌ家の娘だけあるわ」

「私はもう、クレマン家の人間です。バローヌ家は関係ありません！」

とっさにジュリエンヌは言い返していた。

「まあ！」

反論されて、クレマン公爵夫人は目を剝いた。

ジュリエンヌは気持ちを込めて言葉を紡ぐ。

「でも夫人、ミュゼは本気で相手の男性を愛しているんです。愛し合う男女が会いたい、触れたいと思うのは自然な感情だと思うのです」

クレマン公爵夫人の白皙の顔がかっと赤くなった。

「あなた、二人のことを知っていて、見逃していたのですか？」

ジュリエンヌはこくんとうなずく。

「お許しください。でも、決してふしだらなことではないと思うのです」

「信じられないわ！　敵の家同士で不健全極まりない！」

「それでは、レオナール様と私も、ふしだらな関係だということですか？」

ジュリエンヌの強い態度に、クレマン公爵夫人はわずかに怯む。

「そこまでは、言っていないけれど――」

「夫人、これからはもう少し恋愛に寛容になられてはいかがでしょう？　若い侍女たちが、異性に心をときめかせることは、決して不健全ではないと思います――私は、この屋敷の女主人として、使用人たちの恋愛は禁止したくありません」

「――」

クレマン公爵夫人はむすっと押し黙った。ぎゅっと握りしめた彼女の拳が、ぶるぶる震えている。

「わかったわ――」

クレマン公爵夫人は感情を押し殺した声で言う。

「女主人のあなたが、この屋敷を自由に取り仕切ればよろしいわ。でも、規律が乱れたこの屋敷には、私は、もう一秒たりともいたくありません！」

そう言い放つと、クレマン公爵夫人は踵(きびす)を返し、宿舎を出ていった。

ジュリエンヌは大きく息を吐いた。

言い争うつもりはなかった。

ただ、人を愛する素晴らしさをクレマン公爵夫人にわかって欲しかったのだ。

「――お、奥様――かばってくださってありがとうございます。そして、申し訳ありませんっ」

ミュゼが床に突っ伏して、おいおいと泣きながら謝罪する。

ジュリエンヌは振り返り、膝を折ってミュゼの肩にそっと手をかけた。

「もう泣かないで――あなたとジークの仲を裂こうなどとは思っていません。でも、あなたはまだ若くて未婚なのだから、充分理性ある行動を心がけてくださいね」

「は、はい」

ジュリエンヌは周囲を取り巻いて気まずそうにしている侍女たちに、優しく声をかけた。

「皆、相手がバローヌ家の人間だからと何も考えずに反感を持つのは、間違いだわ。相手のことをよく知れば、きっと誤解や偏見も解けると私は信じています。だって、私は旦那様を一人の男性として、心から尊敬し愛してるもの。そして、旦那様も私のことをとても愛おしんでくださいます。私たちの間には、クレマン家もバローヌ家も関係ないわ」

侍女たちはうつむいて聞いていた。

年かさの侍女がおもむろに口を開く。

「奥様——誠実なお言葉、胸に沁みました。奥様が嫁いでらして、この屋敷の空気はとても明るく優しいものになりました。恥ずかしながら、はじめのうちは心ない嫌がらせをした侍女もいたようですが、それらの不祥事は私ども全員が、反省しております。私たちも、少しずつ考えを変えていこうと思います」

ジュリエンヌはパッと顔を綻せた。

「ありがとう、みんな。わかってくれて、嬉しいわ」

ミュゼがゆっくり立ち上がった。

「皆さん、ご迷惑をおかけしてすみませんでした」

彼女は周囲の侍女たちに深々と頭を下げた。

「今後は、このようなことのないように心がけます」

ジュリエンヌは深くうなずく。

「それでいいわ。ミュゼ。あなたは働き者で有能な私付きの侍女よ。クビになんかしないから」

「ありがとうございます奥様。いっそう励みます！」

ミュゼは嬉し泣きした。

と、そこへ屋敷から一人の侍女が飛び込んできた。

「奥様、大変です！　大奥様がどこにもおられません！」

「えっ？」

「庭師の話では、馬車にも乗らず、お一人でお屋敷から出ていかれたそうです」

ジュリエンヌは呆然（ぼうぜん）とした。

「夫人が家出――？」

ミュゼが力づけるように言う。

「奥様、皆で手分けしてお探ししましょう。徒歩でなら、まだそう遠くへは行かれていないはずです」

ジュリエンヌは我に返った。

「そ、そうね。みんな、夫人を探しましょう。二人一組になって、お屋敷の内外、ご近所、それから東西南北に周辺を探すのよ」

「はいっ」

侍女たちは一斉に四方八方に散った。

ジュリエンヌはミュゼとともに、大通りへ向かう。午後の大通りは、行き交う通行人や馬車でごったがえしていた。

「ああ――私が少し言いすぎたわ。夫人をとても傷つけてしまったのね」

ジュリエンヌは自分の言動を後悔した。人ごみの中を、必死でクレマン公爵夫人の姿を探した。

「ジュリエンヌお姉様！」

ふいに背後から声をかけられ驚いて振り返ると、馬車の窓から、一番上の妹のマリアンヌが身を乗り出していた。

「まあ、マリアンヌ？」

ジュリエンヌは急いで馬車に近寄った。マリアンヌが口早に言う。

「ちょうど、お姉様にお知らせに出ようとしていたところなの。侍女だけだとクレマン家の人に追い返されてしまうかもしれないから、私も行くようにとお父上が――」

「急用なの？」

「実は、クレマン公爵夫人がうちのお屋敷におられるので、そのお知らせに――」

「ええっ？　なぜクレマン公爵夫人がバローヌ家に⁉」

ジュリエンヌは目を丸くした。

マリアンヌは御者に命じて、馬車の扉を開けさせた。

「とにかくお乗りになって。事情は中で説明するわ」

ジュリエンヌとミュゼは急いで馬車に乗り込んだ。

馬車が走り出すと、マリアンヌが話し出した。

「お父様が午後のお茶の時間のために、お仕事先から馬車でお戻りになる途中、馬車道の真ん中にふらふらと出てきた婦人がおられたの。お父様の馬車があやうく轢（ひ）いてしまいそうになったけれど、御者がぎりぎりで馬車を止めてくれて――その婦人がクレマン公爵夫人だったの」

「夫人は無事なの⁉」

「馬車には轢かれなかったけど、転んだ夫人が右足首を痛めてしまわれて。お屋敷が近かったから、父上は急ぎ馬車に乗せて夫人をうちにお連れしたのよ」

「そうだったの。夫人のご容態は？」

「うちのかかりつけのお医者様に診ていただいたら、捻挫（ねんざ）してるそうで、しばらくは安静にしている方がいいって」

「大変だったのね……でも、ご無事でよかったわ」

ジュリエンヌはクレマン公爵夫人の安否がわかり、少し安堵（あんど）した。

「ああ、もうお屋敷に着いたわ。お姉様、急いで行って差し上げて。一階の貴賓室のベッドでお休みになっているわ」

バローヌ家の門前に馬車が止まった。ジュリエンヌは御者の手を借りて急いで馬車を降りた。

「ミュゼ、私についてきて」

勝手知ったる実家なので、ジュリエンヌは屋敷の中に入ると貴賓室を目指した。一階の廊下の奥の貴賓室の扉が開いていて、戸口で下の妹たち、エマ、サラ、ロザリエルが部屋の中を覗き込んでいる。貴賓室の中から、何やら言い争うような声がしている。

妹たちはひそひそ話している。

「あの方が、クレマン家の大奥様なのね――すごくお綺麗」

「ほんとうに、気品があってご立派な貴婦人ね」

「クレマン家は、みんなずる賢い悪魔みたいな人間ばかりだって聞いていたのに、ぜんぜん違うわ」

「みんな、何をしているの？　盗み見なんてはしたないわ」

ジュリエンヌが注意すると、三人はぱっと扉から離れた。

「あ、ジュリエンヌお姉様！」

「お姉様！」

「お姉ちゃま、おかえりなさい」

わらわらと妹たちが嬉しそうに寄ってくる。

「クレマン公爵夫人は？　中におられるの？」

ジュリエンヌは、まとわりついてくる妹たちの頭を撫でながらたずねる。妹たちは気まずそうな顔で黙り込んでいる。

ジュリエンヌは貴賓室の扉に近づき、ノックしようとした。

「この屋敷にはいられません。私は今すぐ帰ります。馬車を呼んでください！」

クレマン公爵夫人の甲高い声が聞こえ、ハッと手を止める。

「夫人、医師がしばらく安静にと言ったのだ。ここでおとなしく休まれる方がよろしい」

父バローヌ公爵の落ち着いた声がした。

「いいえ、いいえ、私は帰ります！」

クレマン公爵夫人がムキになって言い返す。

「夫人、いくら仇敵の家だと言っても、怪我をしたご婦人を無下に扱うことなど決していたしません。我がバローヌ家の名誉にかけて、誓います。どうか、今は静かに静養なさることだけをお考えください」

「――――」

誠実そのものの父公爵の言葉に、クレマン公爵夫人は押し黙った。元々、父公爵は正義感が強くご婦人には優しい人なのだ。

ジュリエンヌは深呼吸して、軽く扉をノックした。

「ジュリエンヌです。入ります」

貴賓室の奥のベッドに横たわっているクレマン公爵夫人と、ベッドの傍に立っている父公爵がいた。

「おお、来たかジュリエンヌ。元気そうであるな」

父公爵が目を細めた。

「父上、ご無沙汰しております。クレマン家ではレオナール様始め、皆さんよくしてくださっております。とても幸せに暮らしています」

ジュリエンヌは心を込めて父に告げた。そして、ベッドに近寄ると床に跪（ひざまず）いた。

「お義母さん――夫人、お加減はいかがですか？　痛みなどありませんか？」

クレマン公爵夫人はちらりと父の方を見てから、顔を背（そむ）けて言った。

「痛みはもうありません」

「そうですか、よかった。バローヌ家のかかりつけのお医者様は、それは腕のいいお方です。安心して診てもらってください。それに、父の言う通り、バローヌ家で誠心誠意お世話をいたします。私も毎日、ここへ通いますから。どうぞ、ご無理だけはなさらないように。かえってお加減を悪くしてしまいます。早く回復して、お屋敷に戻りましょう」

クレマン公爵夫人は不承不承うなずく。

ずき返す。

「致し方ありませんね」

ジュリエンヌはほっとして、父公爵を見上げた。父公爵がよかったというように、うなずき返す。

「あのぉ――公爵夫人に、お飲物をお持ちしました」

おずおずと戸口からマリアンヌが声をかけてきた。

マリアンヌの後ろから三人の妹たちが、ワゴンを押して入ってくる。

クレマン公爵夫人はいたいけな妹たちを見ると、少しだけ表情を緩める。

エマがカップを載せた銀のお盆を、両手で慎重に持ってそろそろと歩いてきた。

「公爵夫人、どうぞ」

エマが差し出したカップにはココアが注がれてあった。

ジュリエンヌはハッとする。

エマはニコニコしながら言う。

「とっても甘くて美味しいですよ」

ジュリエンヌはクレマン公爵夫人の顔色をうかがいながら、やんわりとエマに言う。

「エ、エマ。夫人は紅茶がお好きなので――」

「いいわ、いただきます。あなた、起こしてちょうだい」

クレマン公爵夫人が身を起こそうとしたので、ジュリエンヌは慌てて彼女の背中に枕を押し込み、半身を起こすのを介助した。

「せっかく淹（い）れてくれたのですから」

クレマン公爵夫人はつぶやき、エマの手からカップを受け取った。エマがクリクリした目で、クレマン公爵夫人の手元をじっと見ている。クレマン公爵夫人は、しばらくためらってから、そっと一口啜った。

「美味しいですか?」

エマが身を乗り出すようにしてたずねると、クレマン公爵夫人は小声で答えた。

「まあ、思ったより」

エマとその後ろで興味津々（きょうみしんしん）で見ていたマリアンヌとサラとロザリエルが、パッと顔を綻ばせた。

「ああ、よかったぁ!」

「喜んでもらえたわね」

妹たちがきゃっきゃと笑う。

「さあさあ娘たち、夫人の邪魔をしてはいかんぞ。もう父と行こう。夫人、後で気の利く侍女を寄越しますから、なんなりと命令してください。ではいったん、失礼します」

父公爵はジュリエンヌにあとは頼むというように目配せし、妹たちとともに貴賓室を出ていった。

クレマン公爵夫人は、カップを傾けながら妹たちの後ろ姿を見送っていた。そして、ぽつりとつぶやいた。

「にぎやかだこと」

「妹たちはまだ幼いので、お客様に興味津々で。礼儀を知らなくて申し訳ありません。後でよく言って聞かせますから」

ジュリエンヌが気遣うと、クレマン公爵夫人はかすかに首を振る。

「そうじゃないの――女の子がいると家の中が華やかになるものなのね、と思っただけよ」

思いもかけないしんみりした口調に、ジュリエンヌは目を瞬いた。

そういえば、クレマン家の子どもは長男のレオナール一人だけだ。

母はいないものの、何人もの妹たちと賑やかに暮らしてきたジュリエンヌは、その時初めて、クレマン公爵夫人の寂しい気持ちに気がついた。

「だいじょうぶです、これから旦那様と私で、いっぱい子どもを作ります。女の子も、たくさん産みますから」

思わず力づけるように言ってしまう。

「まあなんですか、はしたないこと」

ぴしりといつもの口調でクレマン公爵夫人に言われ、ジュリエンヌは赤面した。

「そうだったのか。母上が君の実家にまで迷惑をかけてしまったね」

その日の晩餐(ばんさん)の席で、クレマン公爵夫人の事故の経緯をジュリエンヌから聞いて、レオナールはため息をついた。

「母がクレマン家でゴタゴタを起こさぬといいのだが」

「夫人は礼節を心得ておられる方ですから、きっとだいじょうぶです。それに、クレマン公爵夫人がとても品が良くてお美しいので驚いたみたいです。ずっと、クレマン家の人間は悪魔みたいに恐ろしい人間だと言い含められ、思い込んでいましたから」

レオナールが目を丸くする。

「悪魔はひどいなあ。だが、母上のことをそんな風に?」

「ええ、特に妹たちは早くに母を亡くしていますから、クレマン公爵夫人にその面影を見ているみたいで、仲良くなりたくてうずうずしているみたい」

ジュリエンヌはレオナールに微笑んだ。

「旦那様のおっしゃった通り、人はいつかわかり合えるんだと、私も思います」

レオナールも笑みを返し、ジュリエンヌの手をそっと握ってきた。

「そうだね、両家が仲良くなる日は、そう遠くないかもしれない」

「ええ」

ジュリエンヌも彼の手に自分の指を絡め、握り返した。

翌日から、ジュリエンヌは屋敷の仕事を済ませると、ミュゼを連れてバローヌ家に通ってクレマン公爵夫人の介護をすることにした。

しかし、ジュリエンヌの手が必要ないほど、妹たちが熱心にクレマン公爵夫人のお世話をしてくれていた。

クレマン公爵夫人の怪我はみるみる回復し、すぐにベッドを出て椅子に座ることができるようになった。杖をつけば、歩行も可能になった。

半月後、そろそろクレマン家にお迎えしようと、ジュリエンヌは車椅子と座席のゆったりした馬車を用意し、バローヌ家を訪れた。

出迎えた侍女から、クレマン公爵夫人はサンルームで休んでいると聞き、車椅子を押してそちらに向かう。

サンルームから賑やかな妹たちの笑い声が聞こえてくる。

そっと顔を覗かせると、さんさんと日が差し込む明るいサンルームのソファにクレマン公爵夫人が腰を下ろし、その周りを妹たちが囲んでいる。

「そうそう、エマ、上手ね。編み目が揃っていて、とても綺麗」

「サラ、指はここにこうくぐらせて。いいわ、その調子」

「ロザリエル、そこはもう少し目を詰めて編むともっと美しいわ」

「マリアンヌは、もうテーブル敷きに挑戦してもよいくらい腕を上げたわね」

クレマン公爵夫人の声は、これまで聞いたこともない楽しげで優しいものだった。

「あの——夫人」

ジュリエンヌが遠慮がちに声をかけると、クレマン公爵夫人と妹たちが一斉に顔を上げてこちらを見た。全員が膝の上に編み物の道具を乗せている。

エマがパッと顔を綻ばせる。

「お姉様、今、夫人にレース編みを教わっていたのよ」

サラが自慢そうに自分の編みかけのレースを持ち上げる。

「ほら、こんなに編めたの」

ジュリエンヌは車椅子を押しながら、サンルームに入った。

「申し訳ありません、夫人。お休みのところを、みんなでお邪魔をして。お迎えに上がりました」

クレマン公爵夫人はちらりと車椅子を見た。

「クレマン家に帰るのね?」

すると、一斉に妹たちが残念そうな声を上げる。

「ええー、もう帰ってしまうのですか?」

「まだ全部教わっていないのにー」

「夫人、もう少しだけいてください」

「今度、ピアノも教えてくださるって約束したのに」

ジュリエンヌは少し厳しい声を出す。

「夫人はここでお怪我の静養なさっておられたのよ。あなたたちの遊び相手ではありませんん」

妹たちがしゅんとうつむく。

「──私、もう少しここに泊まろうかしら」

ぼそりとクレマン公爵夫人がつぶやいた。

「え？」

ジュリエンヌは目を丸くする。

クレマン公爵夫人は、かすかに目元を赤らめる。

「ほら、私は物事を中途半端にするのが大嫌いなの。この子たちに、約束したことは最後まで教えてから帰りたいわ」

妹たちが歓声を上げる。

「ほんとうですか？」

「嬉しい」

「よかったぁ」

「夫人、ありがとうございます」

きゃっきゃっとまとわりつく妹たちを見るクレマン公爵夫人の眼差しは、とても穏やかだ。

ジュリエンヌは胸がじんと熱くなるのを感じた。

「――では、お好きなだけ我が家にお泊まりください。バローヌ家は今まで通り、心を込めてお世話をさせていただきますから」

クレマン公爵夫人は決まり悪そうに、ツンとした声を出す。

「別に。ここが居心地いいわけではないのよ――やりかけたことは、きちんとしたいだけ」

ジュリエンヌは微笑む。

「ええ、わかっております」

ジュリエンヌは車椅子を部屋の隅に寄せ、クレマン公爵夫人と妹たちに声をかける。

「では、私はお茶の用意をいたします。みんな、何が飲みたいかしら?」

「ココア!」

四人の妹が声を揃える。

クレマン公爵夫人は少しためらってから、

「私も皆と同じで――」

と、小声で答えた。

ジュリエンヌはニッコリする。

「わかりました。とびきり美味しいココアをお持ちしますね」

サンルームを出る時、背後から弾けるような妹たちの笑い声に混じって、上品に笑うクレマン公爵夫人の声が聞こえてきて、ジュリエンヌは涙が出るほど感動し、嬉しかった。

その晩、食事後まだ少し調べ物があると部屋に戻ったレオナールのために、ジュリエンヌはコーヒーと軽食を用意した。寝間着の上にナイトガウンを羽織り、ワゴンを押して彼の部屋を訪れる。

部屋に入ると、奥の書斎でレオナールが机に書物を山と積み上げて熱心に読み耽(ふけ)っていた。

「遅くまで、お仕事お疲れ様です」

ジュリエンヌが邪魔にならぬようそっと声をかけると、レオナールはゆっくりと本から顔を上げた。

「いや、これは個人的な調べ物だ。公務の合間に、少しずつ調べているんだ」

目が疲れたのか、レオナールは指で眉間を揉みほぐす。

「あまり根を詰めませんように」

ジュリエンヌは机にカップを置きながら、ちらりと積み上げた書物の背表紙を読んだ。『ロゼリテ王国地図大全』『国内天候記録』『天災と収穫』『台風全記録』『地方村覚書』等々。

「お天気関係の本が多いですね」

ジュリエンヌが不思議そうにたずねると、レオナールはうなずいた。

「ここ百年以上、我が国は天候がずっと安定していて、農作物も豊作続きだった。だが、今年は少し天候の具合が不穏だと、気象予報士たちが口を揃えている。万が一に備えて下準備をしておこうと思っている。それに、もしかしたらクレマン家とバローヌ家の諍いの本当の原因もわかるかもしれない」

「えっ、そうなのですか?」

「うん、まだ私の憶測でしかないがね――それより」

レオナールは本を閉じると、椅子ごとジュリエンヌに向き直った。

「母が君の実家にずっとご厄介になっていて、すまないね。君に屋敷の仕事を全部任せっぱなしにして、困った母だ」

ジュリエンヌは首を横に振る。

「いいえ。夫人がバローヌ邸をとても気に入ってくださったみたいで、ほんとうによかったです。それに、私はもうこの家の女主人なのですから、いつまでも夫人に頼ってばかりではいけないと思います。なんでも一人で仕切れるようにならなくては」

「なるほど、怪我の功名といったところか」

レオナールが両手を差し伸べた。

「おいでよ、私の膝の上に」

「え……だって、書斎で」

ジュリエンヌは戸惑う。

レオナールが笑みを浮かべる。

「さっき怪我の功名って言ったけど、母が不在だと、憚ることなく君を抱くことができるのもいいね」

ジュリエンヌはかあっと頬を染める。

「な、なにをおっしゃっているのですか」

レオナールは少し淫猥に笑う。

「だって、たくさん子どもを作るのだろう？　母にそう宣言したって言ってたじゃないか」

「せ、宣言だなんて……あれは……」

うろたえるジュリエンヌの両手を握り、レオナールが引き寄せる。

「おいで、奥さん」

た。


「もう……」

恥じらいながらも、レオナールの甘い誘いには逆らえない。ジュリエンヌはレオナールと向かい合わせになり、彼の膝の上を跨ぐような格好になった。

レオナールはジュリエンヌの首筋に顔を埋め、息を吸い込む。

「ああ甘い匂いがする。君の匂いだ。この香りだけで元気が出るよ」

くんくんと犬のように鼻を鳴らされると、その息遣いだけでジュリエンヌの背中がぞくりと猥りがましく震えた。

レオナールはジュリエンヌのナイトガウンを引き下ろし、剝き出しになった白い肩に唇を押し当てる。その熱く濡れた感触にぴくりと腰が浮く。

「あ……ん」

思わず甘い鼻声が漏れてしまう。

レオナールはちゅっちゅっと肩口から鎖骨にかけて、口づけを落としていく。

「君の肌は、どこもかしこも甘い」

レオナールはつぶやきながら、やにわにちゅうっと強く肌を吸い上げた。

「あ、つぅっ」

つきんとした一瞬の痛みが走る。

「ほら、初雪のような真っ白な肌に、赤い花びらが散った。すごく淫らな痕だ」

レオナールは酩酊した声を出し、続けざまに強く肌を吸う。

「あ、あぁ、あ」

鋭い痛みは瞬時に消え、吸われた赤い痕からじんじんと灼けるような熱が生まれてくる。

「綺麗ですごく淫らだ。私の刻印が君に押されていくのは、ひどく興奮するな」

レオナールはジュリエンヌの寝間着の肩を引き下ろし、乳房まで露にしてしまう。彼は柔らかな乳房に顔を埋め、乳丘に次々と吸い痕を付けていく。それも、わざと敏感な乳首を避けて周囲の肌だけを吸い上げる。

「や、もう、痕が……やめて……」

ジュリエンヌは恥ずかしさに身を捩る。

「ふふ、何もしていないのに、乳首がもうこんなに硬く尖って——興奮している？」

レオナールが含み笑いする。

「や、そんなこと、言わないで……っ」

羞恥に耳朶まで血が上るが、彼の言う通りで、肌を吸われただけで乳首がじんじん疼いてきゅうっと凝り、下腹部の奥までざわついてくる。

「ふふ、乳首、吸って欲しくて真っ赤に染まっているね」

「ち、がうから……やめて……」

ふるふる首を振るが、痛いほど勃ち上がった乳首はうずうずと強い刺激を求めていた。

「ああ君が淫らに昂ぶっていくのを見るのは、ほんとうにぞくぞくする」

レオナールはジュリエンヌの腰を抱き上げ、自分と入れ替わりに椅子の上に座らせた。

そして、寝間着の裾を腰まで捲り上げほっそりした両足を開かせる。

「あ、あ……やだ、こんな……の」

胸元がはだけ乳房が露になり、下穿きをつけていない股間が丸見えになってしまう。

一歩後ろに下がったレオナールは、美術品でも鑑賞するみたいにジュリエンヌを上から下まで眺める。

「ほんとうにいやらしい格好だ。全裸より、ずっと猥りがましい」

「も、もう、終わりにして……」

「だめだめ、私がいいと言うまで、その格好でいるんだよ」

レオナールの視線に晒されるだけで、媚肉がきゅんきゅん収斂して、はしたなく蜜を吐き出してしまう。

「どうしたの？　まだ何もしていないのに、花びらがヒクヒクして濡れてきているよ」

レオナールが嬉しげに言う。

「あぁ、あ、あぁ……」

全身の血が熱く滾って止められない。見られているだけなのに、こんなにもいやらしく感じてしまう自分が恥ずかしくてならない。なのに、子宮の奥がきゅーんと甘く痺れて、勝手に性的快感を生み出してしまう。

自分の恥ずかしいところを見られるだけで性欲が煽られる。こんな背徳的な官能があるなんて知らなかった。

いつの間に、こんなにも鋭敏で淫らな身体になってしまったのだろう。

レオナールに身体の隅々まで愛され尽くして、彼色に染められ彼好みに性癖を調教されてしまった。

レオナールの観察するような視線が、全身に突き刺さる。

媚肉がわななないて蜜口が開閉するたび、性的興奮がいやが上にも高まってくる。

触れてほしい、挿入して欲しいという欲望が堪え難いほど湧き上がる。

「ね、ねぇ、旦那様……もう、お願い、だから……」

ジュリエンヌは消え入りそうな声で懇願する。

しかし、レオナールはわざとらしく腕を組み、その場を動かない。

「うん？　私は何もしていないのに、なんでそんなに濡れてしまうの？」

ジュリエンヌは口惜しげに唇を噛む。

これがレオナールの仕掛けてくる、新たな前戯なのだとわかっている。

目の前に、愛する男性がいるのに、少しも触れてくれないというのは、なんという拷問だろう。

「だって……だって、もう……我慢、できません……」

ジュリエンヌが涙目でレオナールを見上げると、レオナールはこの上なく優しく残酷な声で言う。

「では、どうすればいいか、君はもう知っているよね？」

「う……うぅ……」

ジュリエンヌは羞恥に打ち震える。彼の要求が何かわかっていたが、ためらいが勝った。

「ほら、自分で、して見せて」

レオナールが追い討ちをかけてくる。

「うう……ここで、ですか？」

「ここで、私を淫らに誘ってごらん」

レオナールは、自分が疲れて勃ちが悪い時のより興奮を掻き立てる手段だと言って、ジュリエンヌに自慰を教え込んでいた。純粋なジュリエンヌは、彼の言うことを素直に聞いて、自分を慰める手戯を覚え込んだ。しかし、自慰をして見せなくても、これまでレオナールが勃起しなかったことなどなかったのだが。それもこれも、薄暗い閨(ねや)での行為だからと、恥ずかしさを忍んでいたのだ。

「そんなの……」

「お願いだよ、私の奥さん」

愛する人にこの上なく色っぽい声で懇願されては、否とは言えない。

「ん……」

ジュリエンヌは顔を真っ赤に染め、そろそろと股間に手を這わせた。

自分の細い指が淫部に触れるだけで、ぞくりと隘路がおののいた。

「ぁ……ん」

指で陰唇をくちゅりと押し開き、もう片方の手でそろそろと割れ目をなぞる。痺れるような刺激が走り、腰がびくりと浮く。

「んんっ……」

鋭敏になった花びらをぬるぬると辿ると、さらに身体が熱く昂ぶり、とろりとした蜜が奥から溢れてくる。その愛蜜を指で掬い取り、興奮にぷっくりと膨れた秘玉に塗り込めるように触れる。

「あっ、あぁん、あぁ」

じんじんと疼き上がった陰核が強い快感を生み出し、指の動きを止められなくなる。

「はぁ、あぁ……はぁっあ」

捏ねるように秘玉を転がすと、気持ちよさがどんどん増幅して、堪え切れない甲高い声が漏れてしまう。

「素敵だね、ものすごくいやらしいね、私の奥さんは」

レオナールはジュリエンヌの痴態を余すところなく見つめ、掠れた声でつぶやく。彼も興奮しているのがありありと感じられる。

全身が性感の塊になってしまい、どこに触れても感じてしまいそうだ。特に、放置された乳首が堪え難いほどに疼く。

「はぁ、は、あぁ、だ、旦那様……お、おっぱいを、おっぱいを触ってもいい、ですか？」

ジュリエンヌは指をうごめかせながら、せつない声を出す。

「もちろんだ。君が一番気持ちよいように、してごらん」

レオナールはおもむろにジュリエンヌの前に跪き、さらに間近で鑑賞する。

ジュリエンヌは片手で秘玉を転がしながら、もう片方の手で乳房をいじる。自分の小さな手では持て余すほどたわわな乳房だ。指先で、尖り切った乳首を掠めるように撫でると、灼けつくような刺激が走り、媚肉がきゅんきゅん窄まる。

「んん、ぁ、ぁ、は、はぁ、あぁ……」

円を描くように陰核を優しく転がしながら、同じリズムで硬く凝った乳首を撫で回すと、どうしようもなく感じてしまって、次第にレオナールに見られていることも忘れてしまう。

感じ入った媚肉が、そこにも触れて欲しいと収斂を繰り返す。でも、中にまで指を挿入

したことは、まだなかった。

「あ、あぁん、あぁ、もう……あぁ、旦那様ぁ……」

焦れったそうに腰を揺すると、レオナールがふっとため息で笑う。

「いいよ、指、挿入れてごらん」

「んんぅ……」

ぬくりと中指を媚肉の狭間に押し入れると、甘い痺れが背中を走り抜け、ジュリエンヌは息を呑む。

「もう一本挿入りそうだね」

言われるまま、人差し指を添えて隘路に挿入すると、濡れ襞がきゅうっと指を締めた。熱い快感が胎内に渦巻く。

「いいね、指、動かして」

レオナールの声色が淫靡に耳に響く。

「はあっ、はぁあ……あぁ、はぁあ……ん」

くちゅくちゅと指を抜き差しすると、どうしようもなく感じてしまい、柔襞はせつなく指を喰む。いつも自分の胎内はこんな風にレオナールの欲望を受け入れ、締め付けているのかと思うと、ますます肉体が燃え上がる。

レオナールが欲しい。

自分の指では物足りない。

もっと熱くて太くて逞しいもので、思い切り貫いて欲しい。

「あぁ、旦那様、旦那様、いやぁ、もうイってしまいます、お願い……」

ジュリエンヌが悩ましい声を振り絞ると、レオナールはゆっくりと立ち上がった。

期待に胸を弾ませて彼を見上げる。

レオナールがナイトガウンを脱ぎ捨て、寝間着の前を開いた。

すでに腹に付くほどにそそり勃った灼熱の剛直が目の前に露になる。その淫らな造形を見ただけで、ジュリエンヌの隘路の奥からこぽりと新たな蜜が溢れた。

「ああ……ここに……ください……っ」

ジュリエンヌの劣情はいやが上にも高まり、もはや一刻の我慢もできなかった。椅子の上で腰をずらし、さらに足を広げ、両手で綻んだ花びらを大きく押し開き、濡れに濡れた赤い媚肉をレオナールの目の前に晒す。内壁が物欲しげにひくひく震える。

「ふふ、誘い方も上手になったね、そんないやらしくおねだりされたら、ひとたまりもないな」

レオナールは自分の屹立を握ると、あやすように撫でた。

先端から透明な先走りが吹き零れ、彼も一刻も早くジュリエンヌの中に入りたそうにしている。その様を見ただけで、きゅんと膣奥が締まり、軽く達してしまいそうになる。

「早くぅ、旦那様ぁ」

「わかっているよ、奥様」

レオナールはゆっくりと近づき、ジュリエンヌの膝裏に両腕をくぐらせ腰を浮かせた。そして、身を屈めて腰を押し入れてきた。

「あ、ん」

とろとろに蕩けた蜜口に膨れた先端があてがわれると、それだけできゅうっと蜜壺全体が収縮し、中へ引き込もうとしてしまう。

「欲しくて仕方ないみたいだね」

レオナールは自分の欲望だってはち切れんばかりに膨張しているのに、焦らすように亀頭の先で蜜口の浅瀬をくちゅくちゅと掻き回す。

「あぁん、あ、ぁ……」

その動きは余計にジュリエンヌの欲望を煽り、内壁全体がせつないくらいに蠢動して、飢えに飢えておかしくなりそうだった。

「もう、早く、お願い……っ」

劣情に追い立てられ、ジュリエンヌは思わずレオナールの首に両手を回してぎゅっと引き寄せた。それを待っていたかのように、レオナールは一気にずぶりと貫いてきた。

「ひぁあああぁぁあっ」

あられもない嬌声を上げて、ジュリエンヌは瞬時に絶頂に飛んでしまった。

やはり、レオナールの太茎で満たされる悦び以上の快感はない。

レオナールは深く繋がったまま、ジュリエンヌの尻を抱えて立ち上がった。

「あ、きゃあっ」

ふわりと身体が宙に浮いた。

驚いて、さらに強くレオナールの首にしがみつく。

レオナールはジュリエンヌの額や頬に唇を押し付け、耳元で色っぽくささやく。

「このまま、動こうか」

「え？」

驚く間もなく、ずん、と下から突き上げられて脳芯まで衝撃が走った。

「ああっ、あああ」

初めてする体位のせいか、いつもよりさらに奥に届いているような気がする。レオナールはそのまま腰を揺さぶってきた。

「あ、あぁ、あ、や、あぁあぁっ」

肉棒の当たる角度もいつもと違う。それまで感じたことのない箇所を深く抉られ、信じられないくらい気持ちよくなってしまう。

「や、やぁ、旦那様ぁ、これ、やあぁっ」

甘く啜り泣くと、レオナールが息を乱しながら言う。

「もっと強く私を抱いて、足を私の腰に絡めて」

「んぁ、あ、ぁ、こ、こう……？　は、あぁぁ」

両手でレオナールの頭を掻き抱き、すらりとした両足でぎゅうっと彼の背中を挟み込んだ。そうすると、さらに密着度が深まり、硬い先端が子宮口まで届いているみたいな錯覚に陥った。

レオナールは力強くずんずんと腰を繰り出す。

新たな性感帯を容赦なく穿たれ、ジュリエンヌは続けざまに達してしまう。

「ひあぁ、あ、深い、あぁ、深い、当たる……当たるのぉ……」

「ここかい？　ここ、すごく吸い付く――」

レオナールは深く挿入したまま、ぐりぐりと気持ちよい箇所を掻き回してきた。愉悦に頭の中が真っ白になり、身体中の毛穴が開くような気がした。

「ひぁうっ」

四肢から力が抜けそうになり、内壁が緩んだ瞬間、びしゅっと透明な潮が大量に吹き零れた。

「潮を吹くほど、悦かった？」

息を乱したレオナールが、嬉しげに笑う。

「いや……ぁ」

恥ずかしさに顔が真っ赤になる。

「まだ吹くかな？　そら、これはどう？」

レオナールはさらに腰の律動を速める。

「やぁ、あ、だめ、待って、あぁ、待って、やだぁ」

まだ快感の余韻が残っているところを、再び強引に高みに押し上げられる。

「待たない、ほら、もっとイってしまえ」

先端が深く快楽の源泉を突き上げる。

「いやぁあああぁあっ」

ジュリエンヌは部屋中に響き渡るようなあられもない嬌声を上げてしまう。

蜜口がきゅうきゅう収縮し、再び透明な飛沫(ひまつ)が断続的に吹き溢れた。

「や、やぁ、また……出ちゃう……いやぁ、もう、いやぁ……」

あまりに感じすぎて、どうにかなってしまいそうだ。

もう許して欲しいのに、抱え上げられているせいで逃れることもできない。

「だめぇ、許して……もう、許して……」

行きすぎた快楽に苦痛すら感じ、ジュリエンヌはぽろぽろと涙を零して喘いだ。

「可愛い、可愛いぞ、ジュリエンヌ。感じすぎて泣いてしまう君も、とても可愛い。もっと泣かせたくなる」

レオナールが全身を揺さぶり立ててくる。

「やぁ、もうイキたくない、イキたくないのぉ……」

このままではほんとうにおかしくなりそうで、ジュリエンヌは本気で啜り泣いた。

やっとレオナールは動きを止め、ひくひくと肩を震わせているジュリエンヌの顔中に口づけの雨を降らせ、涙を吸い上げる。

「いい子だ、もう泣かないで、虐めすぎたかな」

「ひ……ひっく……ひどい、こんなにして……」

潤んだ目で睨むと、その瞳にも口づけされる。

「だって、こんなに君を乱せるのは私だけだと思うと、すごく昂ぶってしまうんだよ」

レオナールが愛おしそうに言う。

「ごめんよ、もうしないから」

優しくあやされ、ほっと息を吐く。

「では、寝室へ行こう」

レオナールが繋がったまま、奥の寝室へ歩き出す。

「えっ？　え、まだ……？」

てっきり解放されると思っていたジュリエンヌはうろたえる。

「だって、私が終わってないもの。それは私が辛い」

耳朶をきゅっと甘噛みされ、ぶるっと背筋がおののく。

「あ、あん、あぁ、んん……」

歩く振動で、再び奥が突かれ、悩ましい鼻声が漏れてしまう。

もうだめだと思ったのに、再び欲望に火が着いて、新たな快感を得てしまう。

なんて肉体は貪欲なのだろうと、我ながら呆れてしまう。

「ああ、お願い、ちょっと……少し、休ませてください……」

息も絶え絶えで懇願したが、レオナールは素知らぬ顔で、ジュリエンヌを抱えたまま寝室の扉を片手で開ける。

「では、君は休んでいてもいいよ、なんなら寝ていてもいい」

彼はぞくぞくするような色っぽい眼差しで顔を覗き込んでくる。

「寝ている君の身体を、好きに貪るのも楽しそうだ」

「も、もうっ……なんていやらしい……っ」

赤面しているうちにベッドに押し倒され、レオナールは本格的に腰を穿ってくる。心得たようにずくずくと感じやすい箇所を突き上げられ、息が止まりそうになる。

「あっ、あぁ、あ、だめぇ、も、いやぁあぁっ」

拒絶の声に悩ましい響きが混じってしまうのが恥ずかしい。

「ふ――どんどん締めてくるな」

さらに昂ぶるレオナールの劣情に、ジュリエンヌはいつしか巻き込まれてしまうのであった。

結局、クレマン公爵夫人はひと月余りバローヌ家に滞在した。

約束の時間に、ジュリエンヌがクレマン家専用の馬車で迎えに行くと、屋敷の玄関前では妹たちにまとわりつかれたクレマン公爵夫人が待ち受けていた。

妹たちはすっかりクレマン公爵夫人になついてしまったようだ。

「夫人、また遊びに来てください」

「夫人、次にお会いできる時までに、ピアノの新しいエチュードを弾けるようにしておきますね」

「絶対、また遊びに来てくださいね」

妹たちは口々に別れを惜しむ。

クレマン公爵夫人は、妹たち一人一人にお別れの口づけをした。

「あなたたちのお父様がよいと言えば、また遊びに来ます」

ジュリエンヌは馬車を降り、にこやかにクレマン公爵夫人に話しかける。

「父はいつでも歓迎すると申しておりました、夫人」

クレマン公爵夫人はじろりとジュリエンヌを睨んだ。

「あなた、その言葉遣いはなんですか？」

「えっ？」

何かまずいことを言ったろうか？　ジュリエンヌはうろたえる。

クレマン公爵夫人はいつもの厳格な口調で言う。

「あなたはもうクレマン家の嫁でしょう。私のことはお義母様と呼びなさい」

ジュリエンヌは一瞬我が耳を疑う。

直後、感激が胸いっぱいに満ちてくる。やっと、クレマン公爵夫人が心を開いてくれたのだ。涙が出そうなほど嬉しかった。

「は、はい、お義母様……」

「よろしい。では帰ります。手を貸して」

クレマン公爵夫人はツンとして手を差し出す。

ジュリエンヌは彼女が馬車に乗り込むのを手助けしてから、妹たちと別れの抱擁(ほうよう)をした。

「みんな元気でね、父上を頼むわ」

「はい。お姉様、お元気で」

「お姉様、さようなら」

馬車の中からクレマン公爵夫人が急かす。

う。

「もう行きますよ」

「わかりました、お義母様」

馬車が走り出し、しばらく無言でいたクレマン公爵夫人が、顔を背けたままぼそりと言

「あなたの妹たち、そのうち我が家に招待したいわ」

「え？」

クレマン公爵夫人の横顔がかすかに赤らんでいた。

「だって、あなたの実家のピアノ、とても古くて音が悪いんですもの。うちのピアノで練習した方が、あの子たちもずっと腕が上がるわ」

「ええそうですね、ええ、ええ」

ジュリエンヌは嬉し涙を零しながら、何度もうなずいた。

第六章　諍いの終わり

このところずっと、天候不順の日が多く、全国的に長雨が続いていた。

首都でもあちこちで冠水騒ぎがあり、人々は外出もままならない状態だ。

以前、レオナールが懸念していたように、今年は農作物が不作になるかもしれない。その対策のため、彼は遅くまで王城に詰めて執務にかかりきりになっている。

この数日、帰宅できていないレオナールのために、ジュリエンヌは着替えや心づくしの差し入れを用意し、ミュゼを連れて登城した。

大通りを行く馬車の中から外を覗くと、下水が溢れたのか、街路は人の踝くらいまで水が上がってきている。こんな大雨は初めて経験する。

王城に辿り着き、係の者にレオナールへの取次を頼んだ。

待合室でミュゼと待っていると、レオナールが息急き切ってやってきた。

「ああジュリエンヌ、よく来たね」

彼が目を細めて両手を広げた。

「旦那様」

ジュリエンヌは彼の腕に飛び込んで、頬に口づけした。ざらっと無精ひげの感触がした。よくよく見ると、レオナールは着の身着のままで、髪の毛も手で撫で付けただけのような様子だ。よほど執務に根を詰めているのだろう。

ただ、その少しくたびれた姿もまた、働く男の色気が滲み出ていて、ジュリエンヌはドキドキしてしまうのだ。

ジュリエンヌが背後に控えていたミュゼに目配せすると、彼女は抱えていた大きな包みを差し出した。

「旦那様、お着替えと、洗面用具、それに少しばかり精のつくような食べ物を持ってきました。私の焼いたくるみのクッキーも入っております」

レオナールは嬉しげに包みを受け取る。

「助かるよ。ちょうど家に、着替えを寄越すように使いをやろうと思っていたところだ。ほんとうに君は気働きができるね。それに、君特製のクッキーがあれば千人力だよ」

ジュリエンヌはポッと頬を染める。

「いえ、私にできることはこれぐらいですもの。旦那様、どうか栄養と睡眠だけは充分摂ってくださいね」

「ありがとう、ジュリエンヌ。明日は早めに帰るから、私の好きなサーモン料理を頼むよ」

レオナールはぎゅっとジュリエンヌを抱きしめ、耳元で甘くささやく。

「愛しているよ」

ジュリエンヌも小声で答える。

「愛しています」

「では、私はもう行かなくては」

レオナールは荷物の包みを抱えると、待合室を出ようとして、ふと振り返る。

「そうだ、帰ったら君に話すことがある。いい話だよ。待っていてくれ」

「まあ、何かしら楽しみです」

「ふふ——あ、今日明日は大雨になりそうだから、早く帰りなさい。外出は控えるようにね」

レオナールが手を振って去っていく後ろ姿を、ジュリエンヌは愛情込めていつまでも見送っていた。

ミュゼを連れて帰宅すると、屋敷の門前で一人の青年がずぶ濡れで人待ち顔で立っていた。栗色の髪のひょろりとした朴訥（ぼくとつ）とした青年だ。

馬車の窓から彼を見たミュゼが声を上げる。

「まあ、ジークだわ！」

ジュリエンヌは御者に命じて馬車を止めさせ、馬車の扉を開けた。

「ジーク、どうしたの？　中へ入りなさい。びしょ濡れではないの」

ジークが馬車の中に乗り込んできた。ミュゼが気づかわしげに、手拭きを彼に渡す。ジークは顔を拭いながら言う。

「すみません、お嬢様。いえ、奥様。実は俺はミュゼに頼まれて、今日、クレソール村まで行ってきたんです」

「クレソール村へ？」

「はい。今日は若奥様とミュゼは登城なさるので、若木の面倒を見られないということで、ミュゼが俺に代役を頼んだんです。愛するミュゼの頼みですから、一も二もなく引き受けました」

ジークがミュゼに気持ちを込めた視線を送り、彼女が頬を染めた。ジュリエンヌは微笑ましく思う。

「そうだったの、若木はまた成長したかしら？」

「それが、奥様――」

ジークが悲壮な顔つきになった。彼は肩から掛けていた大きなバッグから、布に包まれたものを大事そうに取り出した。

それは根ごと引き抜かれたあの若木だった。レオナールと二人で植えたものだ。若木はしおれかけていた。

「ああっ？」

ジュリエンヌは顔色を変えた。

「ど、どうしてこんなことに!?」

ジークが声を震（ふる）わせる。

「俺が行った時には、このように根元から引き抜かれて地面に打ち捨てられていたんです」

「なんてこと……獣にでもやられたのかしら」

愕然（がくぜん）としているジュリエンヌに、ジークが少し強い声を出した。

「いえ――現場には人の足跡がいくつもありました。これは、誰かが意図的に引き抜いたんです」

「そんな……！」

レオナールとジュリエンヌの愛の証である若木が、こんな無残なことになるなんて。

ジュリエンヌはがっくりして声を失う。

ジークが励ますように言う。

「奥様、だいじょうぶです。発見が早かったので、一晩水をたっぷり吸わせれば、きっと元気になります。そうしたら、元のところへ植え戻しましょう」

力強いジークの言葉に、ジュリエンヌは少し気持ちが上向いた。

ミュゼも励ます。

「奥様、庭師のジークの腕なら、絶対に木は元気になります。どうか彼を信じてお力を落とさぬように」

ジュリエンヌは微笑むことができた。

「ありがとう、二人とも。とにかくジークもうちのお屋敷においでなさい。そんな濡れたままでは風邪を引いてしまうわ」

ジークがうろたえる。

「いえ、バローヌ家の使用人の俺がクレマン家に立ち入るなんて――」

「ぜんぜんかまいませんよ。着替えと温かい飲み物がいるわね。ミュゼ、あなたが世話をしてあげてね」

ミュゼが上気した顔で答えた。

「かしこまりました、奥様」

玄関前に横付けされた馬車を降りて屋敷に入ると、玄関ホールにクレマン公爵夫人が出迎えに現れた。

「おかえりなさい。お城のレオナールはどうでしたか？」

「お義母様。少しお疲れのご様子でしたが、お仕事に打ち込んでおられるようでした。明日は、早めにご帰宅なさるそうです」

「そうですか。国王陛下のために尽くしているのですね。ところで、そちらの男性は？」

クレマン公爵夫人は濡れ鼠のジークを不審げに見遣った。

「あの――バローヌ家の庭師です。その、雨の中を私が言いつけた用事をしてくれたので、屋敷で少し休ませたいのですが、よろしいでしょうか？」

クレマン公爵夫人はちらりとミュゼに視線を投げた。

「ミュゼ、例の男なのね？」

「――はい」

ミュゼが決まり悪そうにうつむく。

「厨房の暖炉には火が入っているわ。そこで休ませなさい。身体が乾いたら、すぐに帰ってもらいなさい、わかったわね」

クレマン公爵夫人は硬い声で言うと、踵を返した。

「寛大なお言葉、ありがとうございます、お義母様」

ジュリエンヌはほっとしてクレマン公爵夫人の背中に声をかける。

「別に――肺炎でも起こして倒れられたら、こちらも気分が悪いですからね」

クレマン公爵夫人は振り返らずに答えた。

「感謝します！　大奥様！」

ミュゼが声を張り上げ、クレマン公爵夫人の後ろ姿に深々と頭を下げる。

ジークはミュゼに案内されて厨房に向かった。

ジュリエンヌはホッと息を吐き、窓の外を見遣る。しとしとと雨は降り続いている。

クレマン家の雰囲気は徐々に柔らかいものに変わりつつある。

天気とは裏腹に、ジュリエンヌの気持ちは明るいものだった。

「それにしても、誰があの木にあんなことを……」

村の子どもたちのいたずらだろうか。

数時間後、ジークがジュリエンヌの部屋を訪れた。

「奥様、おかげ様ですっかり乾きました。俺、バローヌ家に戻ります。若木は厨房で、栄養のある水に浸けてあります。すぐに元気を取り戻すと思います。そうしたら、植え直しに行きましょう」

「ありがとうジーク。あなたのおかげで、大事な木が救われたわ」

「あの――明日もここに来ていいですか？　若木の様子を見に――」

おそるおそるといった風のジークにジュリエンヌは笑いかける。

「もちろんよ、ぜひお願いするわ。庭師としてのあなたの腕は確かですものね」

「はいっ」

ジークはくしゃっと笑う。

ジュリエンヌは内心、働き者で気のいいミュゼとジークの仲がずっとうまくいくようにと、願った。

翌日、首都の雨は早朝からぴたりとやんで、久しぶりに雲間から青空が顔を覗かせる。

「まあよかった、やっといいお天気になりそうね」

ジュリエンヌはその日の屋敷の仕事を使用人たちに指示しながら、もう少し陽が出たら久しぶりに洗濯物を外に干させようかと考えた。

「そうそう、今日は旦那様が早くお帰りになるんだわ。市場にサーモンを買いに行かせないと、それに旦那様のお好きないちじくも――」

ばたばたと朝の家事を済ませてから、ジュリエンヌは厨房に若木の様子を見に行った。

厨房の隅のバケツに入れられてあった若木は、昨日とは見違えるくらいに元気になっていた。枝も葉もぴんと伸びて生き生きしている。

「ああよかったわ」

ジュリエンヌは胸を撫で下ろした。

そこへ、ミュゼに連れられてジークが入ってきた。

「ジーク、若木がこんなに元気になったわ。あなたのおかげよ、ありがとう」

ジュリエンヌが声を弾ませると、ジークは素早くバケツの前にしゃがみ込み、若木の様子を見た。そして深くうなずく。

「ええ、もうだいじょうぶです。奥様、早く植え戻してやりたいですね」

ジュリエンヌは厨房の窓の外に目をやる。

雲の切れ目からほんのり日差しが差し込んでいる。このまま天気はよくなりそうだ。

「――では、今から植えに行きましょう」

ジュリエンヌはミュゼに指示をした。

「馬車の用意をさせて。ジークはうちの庭師から道具を借りてきてちょうだい。支度ができたら、クレソール村に行きましょう。旦那様と私の大事な木なの。旦那様がお戻りになるまでに、元通りに植えておきたいわ」

「かしこまりました」

ミュゼとジークは手早く準備に取り掛かった。

一時間後、ジュリエンヌとミュゼとジークを乗せた馬車は、クレソール村を目指して出立したのである。

街道は昨日までの雨で泥濘(ぬか)んでいる。御者はたびたび馬車を降り、泥に埋まった車輪の下に板を噛ませてどうにか動かした。

昼過ぎにようやくクレソール村に辿り着く。

村のはずれに馬車を止めミュゼたちと降りると、村はずれの家から一人の老婆が飛び出してきた。

「クレマン家の奥様ではございませんか？」

それはいつぞやレオナールと村を訪れたさいに会話したことのある老婆であった。

「まあ、こんにちは。雨が上がってよかったわね」

ジュリエンヌが気さくに声をかけると、老婆は口早に言った。

「奥様、どうぞ早めにお屋敷にお帰りください。山が泣いております、これは――」

「おばあちゃん、早く、行くよ」

家から荷物を背負った息子らしい男が出てきて、大声で老婆を呼ぶ。老婆は慌てて戻り、息子に手を引かれて街道の向こうへ去ってしまった。

「どうしたのかしら。山が泣いてるって……？」

都会のお嬢様育ちのジュリエンヌには言葉の意味がよくわからなかった。

「奥様、とにかく急いで若木を植えに行きましょう」

ミュゼに促され、ジュリエンヌは彼女に手を引かれて、ジークとともに川岸に急いだ。

川は大雨のせいかひどく濁っていたが、思ったより水位は低く別に危険な感じはなかった。

「ここだわ。さあ、植え戻しましょう。ジーク、ミュゼ、よろしくね」

前回植樹した場所を見つけ、ジュリエンヌは指示をした。

「はい」

ジークが持ってきた鍬を手にして、地面を掘ろうとした時だ。

ふいに、ごごごご、と地鳴りがした。

三人はハッとして動きを止める。

「なんの音?」

ジュリエンヌは不安げに周囲を見渡した。足元が小刻みに揺れる。

ジークが何か思い当たるような顔になる。

「奥様。昔、父に聞いたことがあります。大雨の後には山津波が起こりやすいと」

「や、山津波って?」

「雨で山の土が緩み崩れ、川に一気に土砂が押し寄せて――」

ジークは言いかけて、顔色を変えてやにわにジュリエンヌとミュゼの腕を掴んだ。

「いけない! 二人とも、逃げましょう!」

「え?」

ジュリエンヌとミュゼが何が起こったのだろうと目を見開いた直後、どどどど、と上流から大量の土石流が押し寄せてきたのである。


全国的な大雨がようやくやむ兆しが見えてきたので、その日、レオナールは国王陛下の許可を取り、クレマン家に戻ることにした。

早く帰宅し、ゆっくりと風呂に浸かり、美味しい晩餐を摂り、愛するジュリエンヌをこの腕に抱きしめたかった。

馬車の窓から外の様子を眺めたが、大通りの冠水も収まり、首都の大雨による被害は最小限度に押しとどめられたようだ。だがまだ予断は許さない。特に、下水が完備されていない地方の街や農村では土石流や地面の陥没などに要注意だ。明日はまた早めに登城し、各地方から上がってくる被害状況を把握せねば、と思う。

クレマン家に帰り着いたが、いつもなら満面の笑みで迎えに出るジュリエンヌが見当たらない。

「おかえりなさいませ、ご苦労様でした」

玄関ホールに出迎えに現れたクレマン公爵夫人に、上着を脱ぎながらレオナールはたずねた。

「母上、ジュリエンヌはどこにおります？」

「彼女なら、ミュゼたちを連れて外出しましたよ」

レオナールは眉を吊り上げた。

「外出？　昨日あれほど出歩かないようにと言ったのに」

「でも、雨が上がったから、もうだいじょうぶだろうと――」

「ジュリエンヌはどこへ行ったのですか？」

クレマン公爵夫人はいきなり話の腰を折られて気分を害したような顔になったが、すぐに答えた。

「確か、クレソール村に用事があると言って、出かけましたよ」

「クレソール村⁉　川の近くへ行ったのか⁉」

レオナールの顔色が変わった。

彼は脱ぎかけていた上着を再び羽織り、大声で傍(そば)にいた執事に命令した。

「表に私の馬の用意を——急げ！」

レオナールの剣幕に驚き、執事はすっ飛んでいく。

レオナールはそのまま玄関の扉を開けて、外に飛び出す。

「レオナール、どうしたというの？」

クレマン公爵夫人が心配そうに後から出てくる。

執事と馬番が、鞍(くら)と手綱(たづな)を付けたレオナール専用の馬を引いてくる。レオナールはひらりと馬に跨(またが)った。馬首を返しながら、レオナールはクレマン公爵夫人に怒鳴った。

「万が一のために、お湯やジュリエンヌの着替え、それに医者も待機させておいてください！」

レオナールは思い切り馬の横腹を蹴る。馬はだっと走り出した。

「きゃあああああっ」

それは一瞬の出来事だった。

上流から押し寄せてきた大量の土石流は、川から溢れ、川岸の周囲のものをすべて飲み込んだ。

泥水に巻き込まれ川に飲まれ、ジュリエンヌは何が起こったかわからなかった。ジークに握られていた手が引き離され、ものすごい水流に巻き込まれた。

鼻や口から泥水が流れ込んできて、息が止まりそうになる。

山から押し流されてきた枝や石が身体に当たり、全身に痛みが走った。

このままでは溺れてしまう。

そう思った瞬間、がくん、と何かに引き戻されるような感じがあった。

「あ？」

ドレスの裾（すそ）が大木の木の枝に引っかかったのだ。おかげで濁流に飲み込まれるのをまぬかれた。

ジュリエンヌは夢中でその木にしがみついた。

「奥様ーーっ」

「奥様、ご無事ですかーっ」

なんとか難を逃れたらしいジークとミュゼが丘の上から叫んでいる。

ジュリエンヌは咳き込みながら、必死で答える。

「助けて！　ここよ！」

ミュゼが転がるように丘から駆け下りてきて、水辺のギリギリまで辿り着き、口に両手を当てて声を張り上げた。

「今、ジークが村に助けを呼びに行ってます。奥様、それまでしっかりその木に摑まっていてください！　すぐに助けが来ますから！　どうかお気をしっかりと持ってくださいい！」

ジュリエンヌはずぶ濡れになりながら答える。

「わかったわ！　ミュゼ、あなたも危ないから、すぐに川から離れなさい！」

「お、奥様――私の心配など――」

ミュゼが泣き崩れる。

「いいから、早く安全なところへ行くのよ！」

ジュリエンヌが叱咤すると、ミュゼはふるふると首を横に振る。

「いいえ、いいえ、私は奥様の付きの侍女です！　最後まで奥様のお傍でお仕えします！」

「ミュゼ……」

ジュリエンヌはミュゼの忠実な言葉に胸が詰まった。同時に、なんとしても助かるのだという気持ちを奮い立たせた。

レオナールのもとに生きて帰るのだ。

絶対に。

激しい水流で持っていかれそうになるのを耐え、必死で木にしがみついた。他の木々が濁流になぎ倒されて流されていくのに、この古い大木だけは地面にしっかりと根を張り、びくともしない。

まるで力の限りジュリエンヌを守ろうとしてくれているようだ。

だが、女の細腕ではいつまでも力がもたない。腕が痺れ、濡れたドレスが重くて全身の活力を奪っていく。

ミュゼが川岸から必死で励ましている。

「奥様！　もう少しです、もう少しです、頑張って！」

ジュリエンヌは持てる限りの力を振り絞った。

「神様……助けてください、どうか……！」

その時、再び地を這（は）うような恐ろしい地鳴りが聞こえてきた。

「!?」

ぎくりとして上流を見遣ると、新たな土石流が襲ってくるところだった。

「ああ……！」

あの激流に流されたら、もう終わりだ。

「ミュゼ、全力で高台へ逃げて！　命令です！」

ジュリエンヌは大声で叫んだ。

「奥様——っ」

「命令に従わないなら、あなたはもうクビです！」

ジュリエンヌはわざと厳格な声を出した。

「うう——奥様——」

ミュゼがよろよろと丘を登り始める。

その姿を見届け、ジュリエンヌはホッと息を吐いた。

そして、覚悟を決めて、恐ろしい濁流を見ないように目を閉じる。

「レオナール様、愛しています。愛しています。最後のこの瞬間まで、私はあなたを愛しています」

口の中で何度もつぶやいた。

土石流の轟音（ごうおん）が迫る。

どっと新たな泥水がジュリエンヌの頭の上に被さってきた。

激しい水流で、腕が幹から引き離される。

「ああっ……」

がぶりと水を大量に飲み、ジュリエンヌは意識が薄れそうになった。

刹那、誰かが腰に手を回しぐっと引き寄せた気がした。ざばっと水面に身体が浮く。

「ジュリエンヌ！」

懐かしく力強い呼びかけに、ハッとして目を開ける。

「無事か⁉」

目の前に世界一会いたい人の顔があった。

「ああ旦那様……！」

思わず彼の首にしがみつく。気がつくと、馬の鞍の上にいた。

レオナールが馬ごと激流に飛び込んできたのだ。

レオナールはぎゅっとジュリエンヌの背中を抱きしめる。逞しい腕の感触に、心からの安堵が全身に広がっていく。

「もうだいじょうぶだ」

レオナールは川岸へ馬首を向け、はあっと馬に掛け声をかけた。

馬は激流を泳いで岸辺へ向かう。

だが、大きな馬の身体がじわじわと濁流に流されていく。

「しっかりしろ！　頑張るんだ！」

レオナールは馬を叱咤する。

馬は必死で四肢を動かしているが、力が尽きてきたのか進みがのろくなってきた。

「くそ、ずっと駆け通しだったからな。すまぬ、もう少しだけ頑張ってくれ」

レオナールが馬の首を励ますように撫で、口惜しげにつぶやく。

ジュリエンヌは思わずレオナールの腕の中でもがいた。

「旦那様、私を離してください。二人分の重みで、馬が疲労しているのです。どうか、私を見捨ててください！」

レオナールは眼光鋭くジュリエンヌを睨んだ。

「馬鹿なことを言うな！　私たちは夫婦だ。生きるも死ぬもいつでも一緒だ！」

「だめ、だめ、あなただけでも生き延びてください！」

「君のいない人生に意味があるか！」

二人はこの上なく真摯な表情で見つめ合う。

想いは一緒だった。

二人は固く抱き合った。

馬が苦しげに甲高く嘶き、ぐらりと体勢を崩した。

「旦那様！」

「ジュリエンヌ！」

ジュリエンヌはぎゅっと目を瞑る。

不思議と死への恐怖はない。愛する人と一緒だからだ。レオナールとともになら、地獄へ行くことだって怖くないと思えた。

とふいに、ぐん、と何か強い力で引き寄せられた。

「ご当主様！　奥様！　もう少しです！」

ジークの声がした。

「あ——」

川岸に大勢のクレソール村の人々が集まっていた。

彼らの投げた縄が馬首に巻き付いていた。

「避難していたクレソール村の人々が——」

「みんなが助けに来てくれたわ……」

レオナールとジュリエンヌは感激に涙ぐんだ。

村人の一人がレオナールに叫ぶ。

「ご当主様、馬が暴れぬようになだめてください。今、岸に引き上げます！」

「わかった、頼む！」

レオナールは片手でジュリエンヌの腰をしっかり抱いたまま、片手で馬の頭を抱くようにして耳元で声をかけた。

「もう少しだ、もう少しの我慢だ」

レオナールの落ち着いた声を聞くと、馬がぴたりと嘶きを止めた。

「それ！　みんな、縄を引けーっ」

「そーれ！　そーれ！」

ミュゼもジークも揃って、みんなが力を合わせて縄を引っ張った。

じりじりと馬は川岸に引き寄せられる。

「もう少し、もう少しよ！」

ジュリエンヌはレオナールにしっかりと抱きつき、小声で皆を励ました。

やがて、浅瀬まで引っ張り上げられた馬は、よろめきながらも川岸に這い上がった。

どっと人々が駆け寄ってきた。

レオナールは素早く馬から飛び降り、ジュリエンヌに両腕を差し伸べた。

「早くおいで！」

「はいっ」

ジュリエンヌは彼の腕の中に飛び込む。

レオナールはさっとジュリエンヌを横抱きにすると、全員を見回し、張りのある声で告げた。

「皆、すぐに高台へ行くんだ！　次の土石流が来ないとも限らぬ、急げ！」

村人たちはすぐさま移動を開始した。

ジークもミュゼの身体を抱えるようにして、丘を登っていく。

「私たちも安全な高台へ行くぞ」

レオナールはそう言うや否や、力強い足取りで丘を駆け上がる。

とても、馬を長距離飛ばしそのまま激流に飛び込んできた人とも思えない体力だ。

「ごめんなさい、旦那様」

ジュリエンヌはレオナールの胸に顔を埋めて、啜り泣く。

「私が旦那様の言葉を守らず、外出なんかしたから……」

「もう泣くな。ほんとうに、君が無事でよかった」

かすかに震える声でそう言われ、ジュリエンヌは胸が締め付けられる。

この人は命を賭けてくれた。

彼の愛がどれほど深く切実なものか、痛いほど伝わってくる。

この人でよかった、この人を愛してよかった——ジュリエンヌは心からそう思った。

丘の上に辿り着いた。

「逃げ遅れた者はいないか？」

ジュリエンヌを地面にそっと下ろすと、レオナールは村人たちの安否を気遣う。

「全員おります。女子どもは、あらかじめ近くの山村に避難させてありましたから。村人全員、無事であります、当主様」

村人の男性が告げた。

「長寿のお婆様が言い張ったのです。これは言い伝えられているかつての未曾有の洪水の時と似た状況だから、避難したほうがいいと。おかげで、難を逃れました」

レオナールはうなずいた。

「うん。百五十年前の大洪水だな。全国的な長雨と大雨が続き、各地で水害が相次いだという。古い文献を詳細に調べたところ、三百年前にも同じような異常気象起こっている。どうやら、周期的に起こるようだ」

レオナールは空を見上げた。

重苦しく垂れ込めていた雨雲が消えて、抜けるような青空が見えていた。

「雨は去ったようだ。だが、川の水流が落ち着くまでは、皆避難しているように——ここに来る途中の街で、この村へ救援を寄越すように伝えてきた。それまでの辛抱だ。私はもう少し高台に行って、川の様を見てこよう」

レオナールは村人たちに言い含めると、ジュリエンヌを振り返った。

「おいで、一緒に行こう」

「はい」

レオナールに支えられて、ジュリエンヌは高台に登った。

「よし、ここからなら周囲が一望できる——ジュリエンヌ、見てごらん」

レオナールはジュリエンヌの腰を抱き寄せ、川の方を指差した。

「あ――」

かつてまっすぐ流れていたはずの川は、土石流のせいで形を変え大きく湾曲していた。小高い丘のあたりも流されて、地形がまったく変わっている。

「景色が変わってしまっているわ」

「そうだ。おそらくこれが、クレマン家とバローヌ家の諍い(いさか)の原因だ」

「原因……？」

「木を植え替えて移動させたのではない、川が移動していたんだ。昔の我々の祖先は、そのことに気がつかなかったのだろう。私はこの村の年寄りの話から、もしかしたら天候のせいではないかと思ったのだ。それで、古い文献をいろいろ調べていた。百五十年ごとにこの国を襲う、異常気象のせいだと思い至ったんだ。そして、今年はちょうど百五十年目。やはり、異常気象の年となった。そして今、川の形状を見て私の推測が間違っていなかったと確信した」

「では……クレマン家が卑怯(ひきょう)な手を使ったという話は、間違いだったのですね？」

「その通りだ」

「両家にはなんの悪意もなかったということなのですね？　誤解だったのですね？」

「ああそうだよ」

ジュリエンヌは感動して胸が打ち震える。心の奥にもやもやとしていたものが霧散した。

「ああ……私たちは、なんと愚かな争いを繰り返してきたのでしょう」

「それも、もう終わりだ。ジュリエンヌ。私たちが愛し合って結婚し、両家は親族となった。わだかまりはもうなくなったんだ」

「旦那様……よくぞ、解決してくださいました。ありがとう、ありがとうございます！」

ジュリエンヌはレオナールにぎゅっと抱きついた。

「愛しい私の奥さん」

レオナールも愛おしげに抱き返す。

「これで、クレマン家の親族たちも君を受け入れてくれるだろう。私たちの結婚に異議を唱える者は誰もいなくなる。もう君が傷つくこともない」

「私のために、そこまで……」

レオナールの大きな愛情に胸打たれ、ジュリエンヌは涙が溢れてくる。

「あの——ご当主様、下で焚き火を起こしました。お二人ともずぶ濡れのままではお風邪を召してしまいます。どうぞ、焚き火に当たって暖まってください。救援が来るまでの間だけでも——」

ジークが登ってきて二人に声をかけた。

「おお気が利くな。ジュリエンヌ、すぐに暖まろう」

「はい」

「お足元にお気をつけください、ご当主様、奥様」

ジークが先導して寄り添って高台から下りる時に、レオナールが少し残念そうに言った。

「万事解決したが、惜しむらくは、この洪水で私たちが植えた木が激流に呑まれてしまったことだな。岸辺があんなにも削られていては、ひとたまりもなかったろう」

「あっ、そう言えば」

先頭にいたジークが、声を上げた。彼は肩からかけていた鞄から、紙に包まれた若木を取り出した。

「ご当主様、木は無事でございます」

「なんだって？」

レオナールが目を見張った。

ジュリエンヌは遠慮がちに告白した。

「あの……実は、若木が何者かに引き抜かれてしまっていて——あなたがお仕事でご不在だったので、私とジークたちで、若木を植え戻しに行こうとしたんです。その前に、土石流に襲われてしまって……」

レオナールの片眉が跳ね上がる。彼は少し強い口調になる。

「君たちだけで、なんて無謀なことを！」

怒らせてしまったかと、ジュリエンヌはびくりと肩を竦(すく)める。

「ごめんなさい。でも、激務でお疲れのあなたに心配かけたくなくて……勝手な判断をしてごめんなさい」

するとレオナールは表情を緩め、そっとジュリエンヌの頬に触れた。

「いや、君が無事だったのだからもういい。それに、木も無事だった。結果がよければそれでよしとしよう。君の気遣いも本当に嬉しいよ」

ジュリエンヌはホッと胸を撫で下ろし、笑みを浮かべることができた。

下に下りると、村人たちが大きな焚き火を起こして、周囲に座って身体を暖めていた。

ミュゼが乾いたショールを持ってジュリエンヌを迎えに出た。

「奥様、急ぎショールを乾かしました。これを羽織ってください」

「ありがとう、ミュゼ」

ジュリエンヌはショールを羽織り、レオナールとともに大きな焚(た)き火の傍に腰を下ろした。

レオナールは背後に控えるミュゼとジークを振り返り、優しく声をかけた。

「今回、お前たちは格別な働きをしてくれた。我が妻のために、いろいろ力を尽くしてくれた。相応の褒賞を与えるぞ。なんでも欲しい物を言うがいい」

ジークとミュゼが顔を見合わせる。

それからジークが小声で切り出す。

「ご当主様、我々が主人のために働くのは当然のことです。でも、もし希望を叶えてくださると言うのなら――俺とミュゼの結婚をお許しください」

「えっ、ジークったら――!?」

ミュゼも思いもよらぬことだったらしく、絶句した。

ジークはおそるおそるレオナールの顔色をうかがう。

「クレマン家の侍女とバローヌ家の使用人ですが、どうかお許しを」

レオナールが満面の笑顔になった。

「むろんだ。もはや両家は仇同士ではない。私たち夫婦がお前たちの結婚式の仲人になろう。盛大に祝ってやろう」

「もちろんよ、ジーク」

ジュリエンヌも心から同意した。

「ああ――感謝します、ご当主様、奥様!」

ジークが深々と頭を下げる。

「ちょっと、ジーク。私の気持ちは聞かないの?」

ミュゼが不満げに唇を尖らせた。

ジークが顔を上げてオロオロした。

「え？　君、嫌なのか？　え、そんな――俺はてっきり――」

ミュゼがニコニコする。

「いいに決まってるでしょ！　ジーク、私はあなたの奥さんになりたいわ」

ジークが赤面した。

「ミュゼ、あ、ありがとう」

ジークとミュゼは気持ちを込めて手を握り合った。

「おめでとう！　お若いの！」

「おめでとう、お二人さん！」

「よっ、お熱いねえ！」

いつの間にか村人たちが集まってきて、若い二人を冷やかし祝福する。

真っ赤になって照れているジークとミュゼの姿を、ジュリエンヌとレオナールは寄り添って微笑ましく見つめていた。

その時、レオナールの傍にいた若い村人が、ふと思い出したように言った。

「そういえば――ご当主様。何日か前に、クレマン家の家紋を付けた馬車がこの村にやってきましたよ。私はてっきりご当主様か奥様かと思いましたが」

「え？　我が家ではそんな覚えはないが？」

レオナールは眉を寄せる。若い村人は首を傾ける。

「そうなのですか？　馬車から、見知らぬ若く美人の淑女と数名の使用人たちが降りてきて、川岸に向かわれたんでさあ。使用人たちは皆スコップを手にしてました。私はてっきり、ご当主様のお知り合いの方かと思いました」

「若い淑女だって？」

「へえ、金髪で背の高い顔立ちのはっきりしたお方で――」

レオナールはジュリエンヌと顔を見合わせた。

「フランソワーズだ」

「あの方がこの村へ？」

レオナールがぼそりとつぶやく。

「彼女が私たちの木を抜かせたんだ」

ジュリエンヌは目を見開く。

「な、なぜそんなことを？」

「フランソワーズは、ずっと君に敵愾心を持っているようだったからね。植樹をしていた時にも、あの場に居合わせていたし、きっと、私たちに嫌がらせをしたかったのだろう」

ジュリエンヌは首を振る。

「まさか、そんなひどいことをするなんて……」

レオナールはジュリエンヌの肩を優しく抱く。

「君は心配するな。私がきちんとフランソワーズに問い正すから」

「ええ……」

ジュリエンヌはまだ信じられないでいた。

その日、国中を覆っていた雨雲は遠くに去っていき、やっといつもの穏やかな天気に戻ったのである。


ジュリエンヌとレオナールは、ミュゼとジークを伴い無事首都に戻ってきた。大活躍したレオナールの愛馬は、クレソール村に預け休ませることにし、街からの救援に来た馬車の一つを借りて、帰宅したのである。

クレマン家では、クレマン公爵夫人始め使用人全員が玄関前に勢揃いして、レオナールとジュリエンヌを出迎えた。クレソール村での経緯は、早馬の伝令を出してクレマン家に伝えてあったのだ。

馬車から降りてきた二人に、クレマン公爵夫人が駆け寄ってきた。普段落ち着き払った彼女とは思えないほど、ろうばいしている。

「ああ、二人とも無事に戻ってきてくれて何よりです！」

クレマン公爵夫人はレオナールとジュリエンヌをぎゅっと抱きしめ、涙ぐんだ。

「あなたたちに何かあったら、私は生きていけません――」

嬉し泣きするクレマン公爵夫人の姿に、ジュリエンヌは万感胸に迫るものがあった。

「お義母様、お義母様、ご心配おかけして、本当に申し訳ありませんでした」

そっと震えるクレマン公爵夫人の肩を抱き返す。

レオナールはそんな二人の姿を目を細めて見ていた。

と、玄関の柱の陰から、フランソワーズが真っ青な顔で姿を現した。

「ああレオナール、知らせを聞いて駆けつけたのよ——無事でよかったわ」

レオナールは少し冷ややかに答える。

「私より、私の妻に謝罪が必要ではないか？」

フランソワーズはびくりと身を竦ませたが、しらを切った。

「な、なんのことかしら？」

と、彼女の傍に付き従っていた若い従者が、ふいに前に進み出てレオナールたちの前にがばっと平伏した。

「お許しください！　私どもがフランソワーズ様のご命令で、お二人の大切な植樹を荒らしました！　そのために、お二人のお命を危うくさせてしまったことを、お許しください！」

フランソワーズが従者に向けて声を荒らげた。

「お前、余計なことを——」

レオナールがずいっと前に進み出て、フランソワーズに迫った。

「君は私の妻を何か逆恨みしていたようだが、彼女を命の危険に晒したことは許し難い」

白皙の顔に怒りを露にしたレオナールは迫力があった。

フランソワーズが震え上がってその場にへたり込む。

「だ、だって、私、私、あなたのことが好きだから――バローヌ家のアドルフって男を焚き付けたけど、役立たずだったし――幸せそうなジュリエンヌさんが憎たらしかったのよ――」

ジュリエンヌは思わず飛び出して、レオナールの袖を掴んで引く。

「旦那様、女性をそんなに怯えさせてはいけません！　私は無事で、何も悪いことは起こらなかったのです。どうか、落ち着いてください！」

レオナールが我に返ったような表情になった。

彼は大きく息を吐いた。そして振り返って、いつもの穏やかな顔で言う。

「すまない――君の言う通りだ、ジュリエンヌ」

「何よ！　もうこんな家には二度と来ないわ！」

フランソワーズは吐き捨てるように言うと立ち上がり、スカートをからげるとその場から脱兎のごとく立ち去った。平伏していた従者が慌ててその後を追う。

クレマン公爵夫人が後悔が滲む声で言う。

「フランソワーズがレオナールに好意を持っていたことがわかっていて、私も彼女を煽(あお)っていた責任があります。ジュリエンヌさん、気にしないで。あの娘のことは、私に任せてちょうだい」

「はい、お義母様」

返事をしてから、ジュリエンヌはハッとする。

クレマン家に嫁いできてから、初めてクレマン公爵夫人に名前で呼ばれたのだ。

ジュリエンヌは胸が熱くなるのを感じた。クレマン公爵夫人は自分の言った言葉に気がついていないようで、それが余計に胸に沁(し)みて嬉しかった。

「ジュリエンヌ――よかったな」

レオナールがそっと手を握ってきた。

彼はちゃんとジュリエンヌの胸の内に気がついてくれたのだ。

「はい……」

彼の節高な指に自分の指を絡め、ジュリエンヌは夫婦の絆(きずな)がさらに深まるのを感じていた。

最終章

その後、レオナールは国王陛下の御前で、クレマン家とバローヌ家の諍いの原因について、詳細に説明をした。

経緯を聞いて納得した国王陛下は、後日、クレマン家の当主レオナールとバローヌ家の当主ジュリエンヌの父を呼び出し、正式な和解をさせた。

元より、両家の結婚でのわだかまりはずいぶんと解消されており、レオナールとジュリエンヌの父は晴れ晴れとして、心からの握手を交わしたのだ。ここに、両家の長年に渡る因縁と怨恨は終わりを告げたのだ。

そして国王陛下はレオナールの助言もあり、両家の領地境の目印を新たに地図上に定めることにし、自然災害に左右されないものとなった。

以来、両家は頻繁に交流し、行き来し、この上なく親密な関係を築くのである。

年が明け、穏やかな冬のある日。

ジュリエンヌとレオナールは、クレソール村を来訪した。

あの土石流の日、救い出した二人の若木は、その後ジークが川の氾濫が及ばない高台に植え替えてくれてあった。

二人は成長した樫の木を見に来たのだ。

「まあ、すっかり立派な木に育って」

ジュリエンヌは、自分の背丈をはるかに超えた高さになった樫の木を見上げた。

「うん、まるで私たちの愛のように、すくすく育っているな」

隣に立っているレオナールが胸を張り、満足げに言う。

「まあもう旦那様ったら……」

ジュリエンヌはポッと頬を染めて恥じらう。

日傘をくるくる回しながら、ジュリエンヌは周囲を見回した。

土石流の被害で川岸周辺は一時、山から流れてきたがれきだらけになってしまったが、クレソール村の人々の尽力のおかげで、今は以前のような美しく穏やかな光景が広がっている。

近々、レオナールの指示で川岸には堤防が築かれることになっていた。いつ天候不順で川の水が増水しようと、住民たちは安全に暮らせるようになるのだ。

「ああ、いい気持ちだわ」

深呼吸したジュリエンヌは、ふと、向こうの下手の古い大木の枝に何かひらひらした布が絡まっているのに気がついた。雨風に晒(さら)されて色褪(あ)せているが、布の端に縫いつけてあるレースに見覚えがある。

「旦那様、あの木は――」

ジュリエンヌは大木へ歩み寄った。

「その木がどうした？」

レオナールが後ろから付いてくる。

大木の下に立ったジュリエンヌは、頭の上の方の枝に引っかかっている布切れをまじまじと見た。

「あれは――私のドレスの裾(すそ)だわ」

ジュリエンヌはハッと気がつく。

土石流の時、溺れかけた自分のドレスの裾が、木の枝に引っかかって助かったのだ。その木に必死にしがみついて、九死に一生を得た。

「旦那様、私、この木に引っかかって命を救われたんです！　その枝に、あの時の私のドレスの布が残っています」

「そうなのか」

レオナールも木の前に立ち、枝を見上げた。

「立派な古木だ。命の恩人だな」

彼はゆっくりと視線を下ろしていく。

と、彼が大きく息を呑む気配がした。

「ジュリエンヌ――ここを見てごらん」

レオナールは幹の目の高さあたりを手で触れていた。

「なんですか？　あ……この紋様は!?」

そこには二つの紋様が並んで彫り込まれていた。ずいぶんと古いものらしく、ほとんど掠れてしまっている。しかし、目を凝らすと――。

「この右の百合の花の紋様は、バローヌ家の家紋です！」

「そうだ。そして、この左の剣と盾の家紋はクレマン家のものだ」

「ということは……？」

「ジュリエンヌ、この大木は、かつての両家の領地境の目印の木だ！　土石流で地形が変わって、場所がわからなくなってしまっていたんだ。両家の誤解と諍いの元になったこの木が、百五十年後に君の命を救ってくれたなんて――」

レオナールは感慨深そうな声を出し、掠れたクレマン家の家紋を指で辿った。

「なんという運命でしょう」

ジュリエンヌも同じように、バローヌ家の家紋に触れた。

「この木にはなんの罪もないのに――誤解し仲違いした、私たちの祖先の責任です」

「その通りだ。だがこうして、すべての誤解も解けた。この古木もここに安住の地を得たのだな」

レオナールは二人の植えた若木を振り返る。

「そして、今は新たな両家の愛の証の木が育ちつつある」

ジュリエンヌも同じように振り返る。

「ええ、私たちの愛の証が」

二人はどちらからともなく手を握り合っていた。

絡んだ指から互いの愛情が身体の中に熱く流れ込んでくるようだ。

しばらくそうやってしみじみ感慨に耽っていた。

「そろそろ村へ戻ろうか。村人たちが歓迎会を開いてくれるそうだ。郷土料理を味わえるぞ」

「まあ楽しみ！　早く戻りましょうよ」

ジュリエンヌはレオナールの腕を引くようにして、先に歩き出す。

「おいおい、そんなに急ぐと転んでしまうぞ」

レオナールが注意する。

「だって、お腹がぺこぺこなんですもの」

微笑みながら顔を振り向けた瞬間、くらっと目眩がした。

「ぁ……」

足元がふらついて地面に倒れそうになるが、レオナールがとっさに両手で支えてくれた。

「ほら、言わんことではない」

レオナールは苦笑しながらジュリエンヌを抱き起こした。だが、ジュリエンヌの顔色が青ざめているのを見て、表情を引きしめる。

「う……」

突然胸がむかむかして、ひどく気分が悪くなってしまったのだ。

「だいじょうぶか？　そこの木陰で少し休みなさい」

レオナールは古木の根元に自分の上着を敷き、その上にジュリエンヌを座らせた。

「すみません……急に目眩がして。貧血かしら」

木陰に腰を下ろすと、レオナールが傍に付き添って背中を優しく撫でてくれた。

「ずっと馬車で揺られてきたせいかもしれないな。少し休んで、村の宿屋に戻って横になるといい」

「はい……今までこんなことなかったのに。なんだか最近、だるいし眠いし胸焼けがするし、季節の変わり目のせいでしょうか」

レオナールが心底心配そうな顔になる。

「そんなこと、なぜ早く言わない。遠出などさせなかったのに。村に戻ったら、まず医者を呼ぼう」

「そんな大げさなこと。少しじっとしていれば治るんです。大したことはありません」

「君は我慢強いから、そう言うが、大事をとるに越したことはない。君にもしものことがあったら、私は生きていけないぞ」

　少し厳しい声を出したレオナールは、ふいに、何かに思い当たったような顔になった。

「ジュリエンヌ、その——アレはきちんと来ているか？」

「え？　アレってなんですか？」

　レオナールは咳払いし、小声で耳打ちする。

「その——女性の月のものだよ」

「えっ？　やだ……あっ？」

　赤面したジュリエンヌは、パッと気がついて顔を上げる。

「そう言えば、先々月から来ていません」

「では——」

「もしかしたら……」

　二人は顔を見合わせた。

　レオナールがみるみる満面の笑みになる。

「そうか！　ああやったぞ！」

彼は興奮気味にジュリエンヌを抱きしめた。

「よくやった、ジュリエンヌ！　念願の我が子だ！」

レオナールは手放しで喜んでいる。

ジュリエンヌも信じられないくらいの幸福感に、それまでの胸のムカムカなど吹き飛んでしまった。

「ああ本当に？　本当に、赤ちゃんを授かったのでしょうか？　でもまだ、はっきりとわかったわけではないですし……」

少しだけ不安になる。

レオナールが力強く請け合う。

「絶対そうだ、私にはわかる。だって、最近の君の顔つきが、とても優しく母性に溢れていたからな。ああどうしよう、こんなに幸せで——」

レオナールはジュリエンヌの柔らかな頬に唇を押し付け、それからそっと唇を重ねた。

「ん……」

しっとりと唇を塞がれ、ジュリエンヌはうっとりと目を閉じる。

レオナールはちゅっちゅっと音を立てて、繰り返し触れるだけの口づけを仕掛けていたが、そのうち気持ちが昂ぶってきたのか、やにわに舌をジュリエンヌの口腔に押し込んで

きた。

「は、ふぁ……」

舌先が触れ合った瞬間、甘やかな悦びがうなじのあたりから全身に走り、ジュリエンヌは四肢から力が抜けてしまう。

レオナールはジュリエンヌの舌を搦め捕り、強く吸い上げた。

「んんんぅ、は、はぁあ……んん」

くちゅくちゅと舌が擦れ合う猥りがましい水音が、耳孔いっぱいに広がり、頭の中が甘い愉悦でぼんやり霞んでくる。

「んぁ、ゃ、ぁ、ふ、ぁあんん」

気が遠くなりそうで、力の抜けた両手で必死にレオナールのシャツにしがみついた。

気持ちを込めた長い情熱的な口づけは、延々と続いた。

やがて、レオナールは我に返ったように、ふっと唇を離した。

「ああいかん——つい激情に駆られてしまった。気分は、だいじょうぶか？」

彼がうろたえた顔になるのが、なんだか微笑ましい。

「ふふ、だいじょうぶです。逆にとても気分がよくなりました」

「そうか」

レオナールはホッと息を吐いた。

「では、村に戻ろう。まず、医者に診てもらおう」

「はい」

レオナールの手を借りて立ち上がろうとすると、彼がふわりと横抱きにした。

「あ」

「また転びそうになったら一大事だからな、これからはもっともっと私が君を守らねばならない」

「ふふ、大げさです。一人で歩けますから」

「だめだめ」

レオナールがゆっくりと川沿いに村へ向かって歩き出す。

時々見つめ合い、二人はクスクス笑い合い、啄(ついば)むような口づけを交わした。

「次は、子どもと三人でここへ木の成長を見に来よう」

未来に思いを馳せるレオナールの表情は、いつまでも見ていたいほど凛々(りり)しく美しかった。

「はい、ぜひ」

「うん、約束だ」

「はい」

「愛しているよ、私の奥さん」

「愛しています、旦那様」

木々を渡る風は爽やかで澄み切っていて、どこかで小鳥が綺麗な声で囀っている。穏やかな川面は、太陽の光を反射してキラキラと宝石のように輝いている。

世界の何もかもが美しく、若い二人の未来を祝福しているかのようだった。

あとがき

皆さん、こんにちは！　すずね凜です。

今回の「溺愛蜜月になるとは聞いてません～クレマン公爵夫妻は仮面夫婦？～」は、いかがでしたでしょうか？

いわゆる「ロミオとジュリエット」もののお話です。

元祖のお話は悲劇ですが、こちらは明るくコミカルなテイストとなっております。

両片思いで夫婦になった二人が愛の力で、敵同士の両家のわだかまりを解いていく過程をお楽しみください。

仇敵の家に嫁いできたヒロインは、御多分に洩れず姑さんに冷たくあしらわれるのですが、今回、私は姑さんをよくある悪役には描きたくなかったんです。

姑さんがヒロインの一途で健気な気持ちに触れ、次第に過去の遺恨を解消していくというサイドストーリーもお楽しみいただければ、と思います。

お話は変わりますが、私はヒストリカルものを書いているので、人名がけっこう難しくてやっかいなんです。

例えば、書いているうちに「ジュリエンヌ」か「ジュリアンヌ」だったか混乱してしまい、ごちゃまぜに書いてしまうことも多々あります。ひどい時には、書いている途中で、なぜかまったく違う名前になってしまっていることに気がつかず、そのまま脱稿してしまうことすらあります。実に校正さん泣かせで、いつも申し訳ないと思っております。

実生活でも、私はなかなか人の名前が覚えられず、顔と名前が一致しないんですね。道で「あら、すずねさん！」と声をかけられても、顔は知ってるんですが名前が出てこない。幸い日本語って、相手の名前を言わなくてもなんとなく会話が繋げられるので、その場しのぎでごまかせるんですが、おかげでますます名前を覚えないという悪循環であります。

さて、今回も名前の混乱で編集さんには大変ご迷惑をおかけしました。ほんとうにお世話様です。

また、華麗なるイラストを描いてくださり、お話を倍々によくしてくださったＫＲＮ先生には、感謝しつくしても足りません。

そして、読んでくださったあなた様に最大級のお礼を申し上げます。

またぜひ違うお話でお会いしましょう！

Vanilla文庫

ドルチェな快感♥とろける乙女ノベル

Vanilla文庫

ドルチェな快感♥とろける乙女ノベル

ヴァニラ Vanilla文庫

ドルチェな快感♥とろける乙女ノベル

Vanillaヴァニラ文庫

ドルチェな快感♥とろける乙女ノベル

溺愛蜜月になるとは聞いてません
～クレマン公爵夫妻は仮面夫婦？～

Vanilla文庫

2022年11月5日　第1刷発行　定価はカバーに表示してあります

著　者　すずね凜　©RIN SUZUNE 2022
装　画　KRN
発行人　鈴木幸辰
発行所　株式会社ハーパーコリンズ・ジャパン
東京都千代田区大手町1-5-1
電話　03-6269-2883（営業）
0570-008091（読者サービス係）
印刷・製本　中央精版印刷株式会社

Printed in Japan ©K.K. HarperCollins Japan 2022 ISBN978-4-596-75585-8

乱丁・落丁の本が万一ございましたら、購入された書店名を明記のうえ、小社読者サービス係宛にお送りください。送料小社負担にてお取り替えいたします。但し、古書店で購入したものについてはお取り替えできません。なお、文書、デザイン等も含めた本書の一部あるいは全部を無断で複写複製することは禁じられています。

※この作品はフィクションであり、実在の人物・団体・事件等とは関係ありません。